温柔的杀戮

George V. Higgins
Cogan's Trade

〔美〕乔治·希金斯 著　陈卓能 译

上海译文出版社

第一章

阿马托身穿带有一道暗红条纹的灰色西装，系着一条金栗两色相间的领带，里面是一件糙面纹理的粉色衬衣，在左手露出的翻边袖口上绣有自己名字的首字母。书桌呈腰子形，铺着胡桃木的贴皮，阿马托就坐在那儿，两眼直直地盯着。"我得说，"他发话了，"你俩还真是人模狗样。来迟了有四个钟头，看看你们，一副狗屎样，臭得跟下水沟似的，真他妈操蛋。刚从牢里出来是吧？"

"怨他，"第一个人忙说，"是他来迟了。老子等了好半天呢。"

这两人都穿着朱色绒毛套口的黑靴。第一个人披了件军绿色大衣，灰毛衣早磨破了边，蓝色牛仔裤也褪了色，一头长长的金发脏得像烂泥巴，两边各留着络腮胡的鬓角。第二个人也披了件军绿色大衣，外加一件灰色运动衫和一条脏脏的白色牛仔裤，披肩的黑长发，下巴上有刚冒出来的黑胡茬。

"我赶狗仔去了，"第二个人辩解道，"十四只，花了我好些工夫。总不能放它们在外头自己逍遥去了是吧？不行的。"

"你这一身狗毛，"阿马托说，"我猜你是在操狗吧？"

"哪儿，咱玩自个儿的，大胖鼠，"第二个人说道，"我刚出

温柔的杀戮

来，没你这样的运道，多的是上门的肥差。我可没时间跟你在这耗。"

"'约翰'，"阿马托高声说，"可以叫我'约翰'。别人找我帮忙时，大多称呼我一声'先生'，但你可以叫我'约翰'，我不介意。"

"我尽量吧，大胖鼠，我尽量，"第二个人答道，"但你得给我宽限个时日，懂不？我这人，刚放出来，脑子一团糨糊，大好社会我还得适应适应，这是头等要紧的。"

"你就不能找别人了吗？"阿马托对第一个人呵斥道，"找这狗东西，连句人话也不会讲。难不成我还让着他？"

"本来可以的，"第一个人说道，"但你自己说要找个靠谱点的。喏，就在这，就是拉塞尔。不要看他说话没个正经，人可好用了，你要是大人大量容得下他，做事没问题。"

"没错，"拉塞尔在一旁搭腔道，"再说，像你这种人，没那两下子，真要自己来，估计再使劲事也难成。"

"这狗东西我不要，"阿马托对着第一个人说，"狗娘养的，跟他对不上盘。这么着吧，你去给我找个黑鬼来，听话的，壮实点儿的。跟这鸡佬谈事儿，我没那么好性子！"

"拉塞尔，看在上帝的分上，"第一个人劝道，"闭嘴别闹了行不行？他是在帮咱们呐！"

"这我可不懂了，"拉塞尔疑惑地说，"我本以为是我们在帮这个操逼货。嗯，大胖鼠？现在是你，在帮我？"

"你他妈给我滚!"阿马托怒了。

"嗨,"拉塞尔回道,"有你这么跟人说话的吗!你他妈不就一个蒙人进来学车的主,在外头跟人说话也这样?"

"眼下这件事,"阿马托说道,"要是成了,两人可以拿三万。他这种菜鸟,弗兰基,像他这种菜鸟,几个钢镚儿我可以弄一打来,指不定还多送一个。去去,找别个来,这种狗屎我可受不了。"

"还记得人身保护令吗?"弗兰基这时问他。

"保护令?"阿马托不解,"什么保护令?我签的令状九百张都有了,写完一张刚转身,那些毛猴又递过来一张。你说哪个令?"

"就那个,他们拿来传讯我们的那个,"弗兰基说道,"联邦法院的。"

"排队让人指认那会子的事?"阿马托说,"记得,就被那个大黑鬼跟上的那次。"

"长屌娘。"弗兰基补充道。

"管他爹啊娘的,"阿马托说道,"我和他都没正经搭上话。不过是他脱我裤子,我不让他脱我裤子,仅此而已。'别动,就一会,小白脸。让我好好伺候伺候你那屁眼。'那家伙,真他妈精虫上脑。那嘴片子还画得跟白骨一样。"

"隔天晚上他就不在那了。"弗兰基说道。

"隔天晚上不在的是我,"阿马托说,"要是我在那,你想想,黑鬼还会出来?我给了比利·邓恩一个木凿子去弄黑鬼。要是我在的话，黑鬼早在院子里就被逮着了。真他妈是个二愣子、蠢货，现派的人没一个靠得住，脑袋瓜子真该修理修理，办事太糙。"

"那会你是在诺福克。"弗兰基说。

"是在诺福克，"阿马托应道，"一整天都坐在那，看一帮人围攻我那狗屁律师，自己脑子里却在想比利会怎么对黑鬼，所以就回去了一趟，之后才听说自己给判在了诺福克。那晚回去时唯一见着的是个修女，披着一件灰衣服，问我要不要去学吉他。"

"这人我认得，"拉塞尔说道，"她总在那一带转悠，有次还去了康科德。我还和她说过话呢，我说：'姊妹，我要是想弹吉他，早他妈弄一把玩了。'说完她就不理我了。但中意她的人还挺多的。"

弗兰基打断道："黑鬼当晚就进医院了。"

"这还差不多，"阿马托说，"但愿他早死早超生。"

"没呐，"弗兰基说道，"但我见着他了。那家伙脑门子上被剥了足足有三寸皮。"

"嗨。"阿马托叹道。

"就他。"弗兰基说着，头朝拉塞尔指了指。

"开玩笑。"阿马托说。

"剥皮就像剥橘子一样。"弗兰基说。

"还不如说剥树皮呢，"拉塞尔说道，"好家伙，那皮肉，打娘胎出来我就没见过这样的。"

"你被他盯上了？"阿马托问。

"肯定是被盯上了，"拉塞尔说道，"眼瞅着以为逮着了大骚货，屁颠屁颠地跟过来。我身上就一把刀，路上跟人买的，一百块钱，卖的人说我被盯上了，带着有用。我打赌，在那待了十分钟都不到，黑鬼就凑了上来。后来可再没这么干过。"

"看到了吧，"弗兰基说，"人是糙了点，办事不含糊。"

"他干净吗？"阿马托问道，"你们都干净？"

"弗兰基，"拉塞尔问，"你还好这一口？"

"闭嘴行不，拉塞尔？"弗兰基呵道，"操。出来后都戒了，啥也没碰过，就喝点小酒，一两小口，还多是啤的。现在眼巴巴等着领钱呢，有了票子，咱就喝点好的。"

"不是喝，是嗑，"阿马托厉声道，"嗑药。我亲眼见的，别忘了。你他妈黄胶囊嗑十八层地狱去了都。"

"约翰，"弗兰基说，"那儿就只有那个。连个卖啤酒的都找不到，那我只好有什么吃什么。但老实说，出来后再没碰过这东西了。"

"他呢？"阿马托问道。

"呵，大胖鼠，"拉塞尔说，"不碰是不可能的。老子嘛，啊，来几瓶丽波，卷几根烟，偶尔弄两包大麻，但我只溜，懂不？也不算好这口。咱可是去当过童子军的，知道不？丫给你搜个身，再教你打结什么的，啥都教。"

温柔的杀戮

"混蛋，"阿马托对着弗兰基吼道，弗兰基只好耸了耸肩，"我是让你去找个人！现在我手头就这件大事，办成了，咱大赚一笔。没别的意思，就想找两个办事利索的、不乱来的，找得着，算是你给我积德。好，现在你他妈给我整个嗑药的！我还巴巴地指望着你俩能办成点事，你丫这要是去了，还不全给弄黄喽？这趟活可是天上掉的馅饼，几辈子碰不到一回。所以你记着，别拿这事和我开玩笑，别他妈在我面前装正人君子，一办正事儿就嗨得跟鬼似的，这样的我不要。我要的是钱，钱！"

　　"大胖鼠，"拉塞尔说，"打小，咱就是拿止咳糖浆当药嗑的，喝大发了都没事。帮咱山姆大叔上前线那会儿，得去钻地道，你听过吧？脸抹得跟黑炭一样就进去了，手里还拿把点四五手枪，嘴里再叼把刀，就进去了。那些地道，我天天都在钻。要是里面没碰到什么，这天你就算走运。稍微差点，也就是踩到蛇或别的东西要咬你。要是不走运，多半是遇到越佬拿枪指你了，那些越佬，瘦得皮包骨头。最糟的，就是开枪爆了你的头，要不就作死碰到了火线，下面一堆乌七八糟的东西，稍不留神，那家伙炸得叫一个猛；尖竹钉也是，你掉进钉坑里，手里全他妈越佬屙的屎，毒性发作那都是分分钟的事。

　　"这最糟的，我没遇过，"拉塞尔说，"爬地道爬了近两年我都没遇过。虽说没混到你今天这档次，砸钱买野马车，教傻子握方向盘，但照样我也没混到最糟。

"其实，大胖鼠，"拉塞尔说，"要真说起来，那会儿还真不知道自己会不会栽在这上头。临出发的时候想，你要是有种，就能活着出来。说句不中听的，老子有种，知道不？老子他妈有种！这么一想，唉，心里踏实多了。不就有种没种的事吗？老子有，那还怕啥。结果一去就傻眼了。我亲眼见着有人，进洞前还好好的，出来时已经搁运尸车上，被塞进绿袋子里了。还有些个出来的时候，不是没了鸡巴就是少了蛋。这帮人，不走运，碰上日子了，涂成黑炭又能顶啥用，挡不了刀刺儿啊。再说这地道，上面全他妈挖的狼阱，要找都没影。

"这下我可得好好想想了，"拉塞尔说，"我这脑袋瓜子，往往不装事，但这回不同了。仔细一想，得嘞，这条命搁刀子口上了，叫天天不会应，叫地地也是哑巴，能做的无非就是给自个儿壮壮胆，求个好运。运气这东西咱说不准，也就只能靠胆了。我自个儿清楚，千千万万，咱不能碰上最糟的，但心里就是没辙。所以那阵子，能出得了洞门，就知道隔天还得再下去，这一天挨过一天，无非是离棺材更近点。也就那样了。从那会起，我才学着抽一两口。你甭说，还挺管用。

"后来我开始留心其他人，"拉塞尔说，"当然，脑瓜子还在转。我瞅着这帮人，不说全部，大部分，都至少会抽那么几口，而且用的还是大麻，知道不？有些用的量还真他妈凶，用完后，人就不比以前利索了。这些事，我一直都留意着，自个儿用完后什么反应，别人身上也一样。我先是弄一点瞧瞧，那帮人开头的时候也不敢多用，就一丁点儿的量。一用之后，就开始忘事，啥也不管了，这你应该知道，挺玄乎的。年纪大的就喝酒，往死里喝，过不了多久，整个人就不对了，手也抖了，魂也跑了，要是在洞里碰上火线或越佬啥的，得，没一会工夫醒不过来，等醒过来了命早就丢了。想要活命，自个儿就不能迷糊。

"所以我换了白面，"拉塞尔接着说，"毕竟得抽点东西，那玩意也不赖。啥时候抽？出来了抽。挨过一天出了洞，晚上又不下去，这时候才用一点。再说白面，我先前只用来溜，后来也试过其他法子，但一般都是溜。甭管哪种法子，老子就是用了，而且用得舒坦。

"好吧，"拉塞尔补充道，"白面这东西，用的时候是舒服，当然它派不上大用场，你也知道，在洞里挡不了刀刺儿。但每天这么吊着命下去，拖着命出来，再吊着命下去，心里实在不敢想，要是哪次运气到头，出不来了可咋办？所以说，白面真他妈好东西，用了不迷糊，又能让你逍遥逍遥，这才是我要的。"

"很好，"阿马托开口了，"要是把今天这趟活给你，你大概也这样吧。活拿到手烟抽到口，快活赛神仙，然后迷迷糊糊就给我冲进去了，这时一定会有个可怜虫，吓得直叫唤，你就一个枪子儿毙了他。真他妈一个三岁毛孩要是脑子好使点都能办的事这下都办砸了。这才是我怕的。"

"他行的，约翰。"弗兰基说。

"也许他行，"阿马托说，"也许他不行。也许你也不行。在这事上，我不想有任何人挂彩，也没有任何理由让人挂彩，不管是进去的人，还是进去的时候已经在里面的人，都不准受伤。只要钱，钱拿到手，万事大吉，犯不着把谁都得罪个遍。今天说的这地方，要是常年都在，那我倒可以冒个险，即便是个会搞砸的瘪三，我都信他一次，他说行，那行，上，搞砸了也没事，反正跟银行一样，过几天叫两个机灵点的再上，无所谓。但这他妈不是银行，不是。你砸了一次，机会就没了，跑了。所以我必须悠着点，没把握绝不会出手。我会多找几个人看看，慢慢来，反正有的是时间。"

"约翰，"弗兰基说，"我得混口饭吃。我在牢里待了那么久，现在又找不到活干。你，你这是在拿我当猴耍啊。"

"兄弟，"阿马托说，"我老婆，康妮？烤猪肉那是一绝。她会做那种塞馅的，不知道你吃过没有？味道实在好。那天晚上她给我做了一份，出来后头一次，可我没动。我这么跟她说，我说：'康妮，从今往后，别给我烤猪肉了。'这道菜，想当初我有多喜欢，我一直都说这是她最拿手的。她做菜也真有那么几手，算得上内行，看她那一身肉就知道了，好吃也好做，从来没停过。我接着对她说：'培根啊，火腿啊，不管是不是猪身上的，都不吃。你会做焗豆吧？别给我加猪肉。豆我可以吃，肉我不要。'然后，呵，我一人下了折梯，窝在自己破车里吃。七年，快七年了我没和家人吃过

　　　　　　　温柔的杀戮

一次团圆饭。本以为上个月回来，能凑成一桌了，可他妈我照旧自己一个人蹲梯子口吃饭。老子他妈栽过跟头，懂吗？我他妈看走了眼。那会我比你俩现在都惨，我们不得不出手，就是死也要抢口饭吃，大伙个个急得眼冒金星，这时他冒出来了。那就他吧。可我总觉得哪儿不对劲，嘴上说不出来，但心里明镜似的，这人不靠谱。后来还是派了他去，果然，砸了。这一砸把自己也砸进去了。每天，几乎每天我都得就着猪肉活命，你当是什么好肉？乌七八糟恶心吧唧的一堆烂皮烂肉，吃得我反胃，可我吃了将近七年。我孩子还小，我手头的生意，没预计的好，倒也凑合，但我却天煞的被关在了里头。这种日子，我还想再回去吗？所以今天再想吃猪肉我也不吃，就是要给自己长记性：从今往后，我约翰办事不能急。你，还有你，想什么做什么，我都懒得搭理。能办事，行，过来办事，要办就办得妥妥的，好事不把它搞砸喽，也别把自己再送进去。但吃烤猪肉，那是最后一次，我他妈最后信一次。星期四给我电话，我心里该有数了。记着，星期四，到时再跟你说。"

第二章

波士顿，地铁公园街站。拉塞尔在地下二站台上站定，对着四英尺开外的弗兰基说道："好了，我来了，咱这是去还是不去？"

弗兰基靠在红白两色的立柱上，回了一句："看情况。"

"别看我，"拉塞尔忙说，"我五点多就起来了，现在累得要死。要是不去，估计还能搞个妞。"

"你们这帮人，现在不在大晚上搞了吗？"弗兰基有些愠怒，"我那个姊妹，桑迪，我们那会儿还小，但凡她晚上有约，屋里就待不住。现在碰上周二、周三下午便出门。我在她家住了五个星期，那几天准见不着人影。"

"消防员，铁定的，"拉塞尔说，"消防队上夜班的小子。年轻小伙。她周末不出门。"

"要不就是个条子，"弗兰基说，"条子情况也差不离。我跟她说：'桑迪，原本碍不着我什么事，只一句：别他妈和条子混。'这一句她便不干了，对着我扯嗓子：'凭啥？你们这帮人又比条子好多少？'这丫头，可怜呐。"

"还是可怜可怜你个儿吧。"拉塞尔说。

温柔的杀戮

"必须的，"弗兰基答道，"但话说回来，那丫头钓人从没直接上钩的。当然人前人后她还算吃得开。但就钓人这事，从来没顺当过。"

"压根就没人顺当过，"拉塞尔说，"能来点新料吗？本来我钓了一妞，说是过会去她那。我跟她说自己得先去个地方，要不晚上吧。但人家得上班，下了班也晚。我是无所谓，又不是没熬过夜。可那是一护士。妞说：'听着，我可是给那些老不死的擦尿洗屁股，恶心一整天才得空，你以为那会我能有兴致做这个，嗯？想得倒美。歇菜吧！'"

"有点儿意思，"弗兰基说，"我看这娘儿们不简单，该不是你从拧下的小报广告上认识的吧，真有你的。依我看，娘儿们那里头指不定塞着几把碎玻璃呢。"

"听着，"拉塞尔说，"我跟你说，四年，快四年了我没碰过人，荒得蛋都疼，就他妈抓条蛇我都能上。这些骚逼，说实话，见一眼就倒胃口，给你轮都不要。可他妈毕竟有'逼'！"

这时，铁轨那边朝南的站台上来了个壮汉，穿着白色连体工作服，手里提溜着一只蓝色塑料桶，看上去笨手笨脚的，不利索。他转过身，对着贴砖墙看了一会，然后放下桶，两手搁在屁股上。那面墙上斜歪着几个十八英寸高、红色喷漆的字母，写道：舔吧，南鬼。接着他弯下腰，从桶里取出一把钢刷和一罐清洁剂。

"都像你这样看得开就好了，"弗兰基说道，"我这人，做事没心力。之前想，要是等老子放出来，这帮小兔崽子最好把全城的老娘儿们小娘儿们都搬走藏好喽？可你知道出来后怎样？我睡，没日没夜地睡。要是现在留我一人，立马倒头就睡，睡他个昏天暗地神经错乱。所以说，这次他葫芦里卖什么药，我压根就猜不到。他这人，狂是狂了点，但至少脑子有用，懂不？我是不行。放出来头一天，他就四下里打探去了。我呢，还成天做梦，想着哪儿弄点钱。真有能耐，我早活出个人样了；可咱脑子不好使，想不到路子啊。迪安，我姊妹家的那位，看上去人还不错，就是个闷葫芦。知道他平常都做什么吗？这家伙看目录。哪儿来的目录，家门口邮箱？好家伙，他可是帮加油站干活的，大中午出门，到晚上八点半，闲的时候就盯着目录看，什么电子玩意儿的都看。我姊妹呢，老公在外拼死拼活地和汽油干，她也在外拼死拼活地和男人干。迪安蒙在鼓里，啥也不知道。我睡着他的沙发喝着他的酒，可我的底细他不知道；他老家在莫尔登，我老家在哪，他也不知道。两人结婚时，我还在牢里待着呢。可人家怎么对我说的，他说：'记着，这事别告诉桑迪，你要是多嘴，桑迪就得怀疑我了。是这样，你小子大概想要泻泻火。我知道一骚娘儿们，她男人以为她半夜才下班，实际上十点就走人了。'听完我回了他一句，当然我没问他要名字，更没提起桑迪，两口子的事不需要我插手。我只是回了一句谢谢，但自己没地方，能带妞去哪？又没车，兜里揣着三十块钱，我能去干啥？

　　"然后他又出了个主意，"弗兰基接着说，"他和桑迪会出趟门，我就用他俩的地方。呵，照这样半夜三更的，小孩被吵醒都跑出来，看自己大舅光着屁股和女人滚沙发，这叫什么事儿，完全行不通啊。所以我得找路子赚钱，找不到，人家约翰有。想要混就这一条道，不听他的听谁的。"

"放屁，"拉塞尔呛了一句，"听他？我倒是想听，可人家愿意说给我听吗？操蛋家伙。看我不顺眼？行。老子才懒得跟他混，稀里糊涂的买卖老子不稀罕，老子以前吃过这亏，这辈子都别想来第二次。再说，现在又不是闲着，自个儿的买卖做得顺手着呢，来钱不如你那个快，可至少心里有把握，想在哪下手就在哪下手，用不着屁股黏在那个死胖鼠后面瞎蹦跶，连屎都捞不到。"

"行，"弗兰基说，"我也是这意思，你来不来都行。我要是能像你这样就好了，但我，呵，人家说事成后一人一万。你不要这一万，可以，但我要。我眼前就这一座独木桥，比不上你的阳关大道。"

"也没那么多了，"拉塞尔回道，"挣不到五位数，五千七千的倒能凑合，上万是没有的。你要是给我这个数，我立马咻溜一声就上。赚这种钱，我心里有数，可我不跟他那种人干。老子赚自己的小钱，多熬些日子也无所谓，但他那事，看的是你有没有种，对不？可有种没种都是人自个儿瞎想的，叫我怎么弄？所以，他不稀罕我，没事，老子也犯不着给孙子拍马屁。你俩看着办吧，你们说行，我就行；他拿主意，也行；找别的人，更行，我无所谓。"

剑桥方向来的蓝白色列车进站了。车门打开，一个醉酒老汉摇晃着站起身来，没顾上后面已经开启的车门，便踉跄着朝两人面前的那扇走来。老汉穿着黑色西装裤，上半身是黄绿色格子外套，里面一件白衬衫，胡子拉碴，左脸颊上好大的一块血色瘀伤，左耳也沾了血迹，脚上的黑色皮鞋裂开了缝，露出大脚趾的突关节。车门关上前，他已经快走到车厢的靠里边。然后他弯下腰，探出左手扶住橘黄色座椅凹凸的边缘，指关节上的血污清晰可见，接着转过身，坐了下来。车门关合，往多切斯特方向开去。

"这一架有些意思，"拉塞尔议论道，"倒想看看另外的家伙咋样。"

"这老汉瘫了，"弗兰基说，"我家老头子以前回家的时候也这副德行。他是个怪胎，旁人捉摸不透。碰上哪天发工钱，就过起小日子。忙完一天，领着钱回家交给我妈，晚上两人就出门买东西，回来后再看看电视。老头兴许还喝瓶啤酒，最多两瓶。隔天早上下楼一瞧，杯子可能还搁在他椅子旁的桌上，满满一杯的隔夜酒，漏了气的，我偷偷尝过，第一口，那滋味，嗨，真搞不懂怎么连马尿都还有人喝。老头子那会儿自然是上工去了。要是碰到码头闲着，其实一般都闲着，老头就窝在家里，看看报纸打发时间，也不多说话。但不会一直待着，有时也出门，是不是去码头不清楚，反正隔三差五的不回来。至于哪天哪月不回来，他心里是有数的。因为要是很晚还见不到人，我妈这心就开始揪起来了，就坐不住了，老头不在身边，她嘴里就念叨着万福马利亚。等到七点半还没到家，她就跑到橱柜那看看，柜子里有个花生酱罐子，不用来买东西的钱就放里边，老头要是不在，罐里肯定是空的，一向如此。这一走至少三天，回来的时候，他基本就这副德行，喝瘫了。

"我记得，"弗兰基接着说，"上次他在营地的事。是我带他去的，他自个儿，唉，其实主要是我妈。我妈跟我这么说：'你也二十了，该轮到你看着你爸了，我也不是不能，是不想。受够了，你带他去吧。'所以我带着他去了射手营地，就那墨菲博士办的戒酒中心。那会他已经被打得不成人样了，就换了副新牙。给他报名的时候，他嘱咐了一句，其实不说我也知道，把那牙带走。那牙可是花了两百六十块钱呐，放我这顶个屁用？不弄丢才怪。我就跟报名的人说，哎，这老头还要出来的，养好了出来，养不好也出来，你们最好把牙收好了。他们就乖乖地把牙放在一个盒子里，我看着他们放进去的。

"大概过了一个星期，我又去了一趟。说起来，我其实挺稀罕老头子的，伤人损人的事他从来没干过，桑迪野成那样，老头子也管不了。人本身是不坏的。我这才会去看他。

"去的时候，人都在里屋坐着，"弗兰基继续回想，"那有桌子，有电视，简直就他妈一个酒馆，不清楚，兴许故意这么弄的。戒酒的人，九点一杯，午饭一杯，六点再一杯，就三杯。可这帮人，操，整个林子全堆着空酒瓶。有个家伙是自个儿把自个儿送进来的，来之前和朋友通了气，每天往林子里运十瓶酒。他还提到另一个人，从来不到林子里去，但整天就是飘着的。管营地的人一眼就看出来了，于是把那人盯上，盯得很紧，那人却以为谁都没发现。他自己开车来的，时不时就拿杯子往停车场跑，然后钻到车底下，原来他早在散热器里装满了伏特加，别人还以为他喝了防冻剂呢，那里本来就老有人拿着灌肠袋进进出出，里面全是这些肮脏东西。到了晚上，巡夜的人会四处搜罗，什么箱子罐子，最容易藏酒了。

"接着我到了老头那，他貌似找了个伴，以前一起干活的。两人都在用副醛解酒。那朋友常常揣着水壶、滴管，过来和老头坐一起。喝的时候，先往杯子里滴上副醛，再倒水，然后一小口一小口地呷。电视上放着问答秀，两人一边点着烟，一边呆愣着，烧到手了也不知道疼，不骗你，真这样，等皮都有了焦味了，跟他提醒一句，总算才醒过来，低头瞄一眼，嘴里冒一句：'哦，真的。'然后把烟头放开，瞧了瞧手，又把烟头夹回去，跟没事人一样。

"那人叫伯克，"弗兰基说，"就老头那朋友。两人用了副醛后，都熏得跟臭鼬一样，衬得酒味就跟香水似的。老头子跟我抱怨，说自个儿都住了一星期了，差不多好了，想把牙要回来，可当初收假牙那家伙嘴硬，说找不着了。老头子这般那般唠叨个没完，什么那可是全新的牙，说不见就不见，那他妈牙还自个儿长腿跑了；现在清醒，想吃点实货了，没牙可怎么行啊，等等。他念叨的时候，一旁的伯克始终闭着眼，大概是睡过去了，但肯定还有气儿。

　　"我只好去问收牙的人：'嗨，我老头要取回那副假牙。他已经好得差不多了，又不是去咬人。牙呢？'那家伙就说，其实也就老头刚才那番话，他说：'我不知道哪去了，好好地放在盒子里，盒子还在，牙不见了。自打他进来后，就一直和伯克讨论牙的事。可我找过了，真没有。凭啥要我给他买新的？'

　　"然后我就回来了，"弗兰基说，"回来时，伯克已经醒了，至少眼是睁开的。老头呢，已经气到不行，嘴里没牙都还在叽里呱啦地骂，'真他妈操蛋地方，一进来就偷人假牙，真他妈混蛋'。可只见他嘴皮子动，听上去却嗯嗯啊啊的不清楚。伯克的腰板这会越拉越直，最后突然笑了，嘴一咧，两排牙，一排自己的，另一排，老头的，看上去活像条食人鲨。我猜老头这回非得弄死他。他把牙夺回来，在袖子上擦一擦再戴回去。他脑子该清醒了。接着只听他对我吼道：'瞧见了吧，你个蠢货，都瞧见了吧？拿出点本事来，别他妈贪酒。酒能把你糟践成啥样，你看看？快滚，滚出去，滚得远远的，去赚大钱，别他妈在这和伯克磨叽，你个小鸡佬。'说完他把伯克痛扁了一顿。

　　"实话跟你说，"弗兰基换了口风，"我觉得他靠谱，一直都觉得靠谱。"

　　"你可在他那栽过，"拉塞尔表示不解，"就那死胖子。现在出来了，你还想再进去？"

"我和你可不是球场的老相识，"弗兰基冷冷地说，"搞清楚了，别再他妈的碰运气了，否则也等着被拷吧。"

"犯了什么事拷我？"拉塞尔反诘道。

"这不重要，"弗兰基说，"他们关了你几年？"

"一年半。"拉塞尔应道。

"加上拿的钱，"弗兰基说，"那些家伙，指不定到时全推你身上，偷狗，操。"

"听着，"拉塞尔说，"我打赌他们不会，我打赌他们连犯都不敢犯我。你不知道，这买卖真他妈容易。今天一早我们跑萨德伯里，养狗的那些二愣子，一起床就下楼放狗，都不知道自己在搞什么。你要是愿意，把车停他们家门口都没事，正眼不瞧你。小畜生少说也值四百，站在门口汪汪地嚎，你拿肉招它，'过来，宝贝，过来'。立马就跳上来了。要是你直接进屋，那畜生可得撕掉你的腿。但你喂它半块钱的烂羊肉，不到两分钟就到手。今天弄的这条拉布拉多，漂亮，肉一口就吞下去了，主人还没关门呢，口水已经嘀嗒嘀嗒直流了，大尾巴摇得那叫一个欢，跟泥里打滚的猪似的。有肉吃，有人摸，小畜生可使劲巴结我了。你要说钱？那群二愣子可能到周六还不知道自己家狗丢了，老子下周就卖到佛州去，两百，一口价。连脑子都不用，钱自来。"

"两百，"弗兰基不屑道，"约翰说的可是一万。"

"一万就一万，"拉塞尔反驳道，"可他说过怎么赚这钱吗？他会说是自己胆小让咱俩上吗？他会说自己坐着白拿钱吗？一句屁话也没有。他说啥了，别人嗑药他会闹脾气，就这一句他明白了。"

"他说行就是行，"弗兰基厉声道，"有顾虑，也是不想到时心急坏了事。你不能就这个和他较劲。人家脑子又不是喂猪的。"

"呵，"拉塞尔说，"是，他心眼儿细，那上次的事他害你坐了多久？六十八个月，我没记错吧？"

"五年半，"弗兰基说，"可那不怪他。别忘了，人家也进去了。"

"没忘，"拉塞尔说，"可究竟是他出的馊主意，这总没错吧？现在又来一个。好吧。但要是再给我们一周时间，就一周，我和肯尼就可以搞到二十条好狗，到时老子就有钱了，发达了，我跟你保证，可卡因在哪我在哪。今天起一个月，老子就可以买辆古兹摩托，再也不用跟别人捞屎。"

剑桥方向来的银色列车缓缓进站，前面红色车牌上写着：昆西。对面的壮汉刚抹掉 SOUTHIE 的字母 E，开始抹 EATS 的字母 E，列车正好挡住了他的身影。

"那我猜你是不会来了。"弗兰基说。

"听着，"拉塞尔说，"你回去找他谈谈，看看能不能套出点口风。我就在附近。要是你知道了底细，还有兴趣，那我这里也没问题，都听你的，你要做，行，我也做，跟你瞎做。要是他还不让，行，我退出。我可不想一下午都在这事上磨蹭，没这闲工夫。"

第三章

"他搞妞去了，"弗兰基解释道，"说要是在你和妞之间选择的话，还是去妞那。"

"没事，"阿马托笑道，"如果给我弄一妞，估计这会也不在这了。所以，你那应该没问题，剩下的找谁？有想法吗？"

"不知道，"弗兰基说，"想不出来。其实那家伙还是有兴趣的，不来只是……只要你点个头，他二话不说就来，要是不答应，没事，他也不往心里去。"

阿马托顿了顿，接着说道："弗兰基，这人我真就瞧不上，懂不？真瞧不上。"

"其实他人不错，"弗兰基辩护道，"头次见可能是冲了点，但人是中用的。敢拼，很敢拼。"

"你是说，没了博士，我们可以用他？"阿马托问。

"嗯，"弗兰基答，"博士那小杂种，倒想再会会。"

"恐怕不会了，"阿马托叹道，"据我所知，已经很久没露面了。"

"真的？"弗兰基有些讶异，"想不到他会去哪啊。"

"呵，"阿马托说，"这种事，你也知道，不方便说。他以前在旧金山当兵。不老听他说，自己想回那去，这儿太冷，他受不了。"

"那倒是有可能，"弗兰基点头道。

"嗯，"阿马托说，"当然我也是听人说的。狄龙。狄龙看人还挺准。"

"噢。"弗兰基长应了一声。

"狄龙现在不行了，"阿马托说，"完全不行了。那天在城里碰见，人都白了，病恹恹的。我倒没这么跟他直说，但人是真不行了。"

"狄龙也算老了。"弗兰基说。

"大伙都老了，"阿马托叹道，"看看我，那天你带那二愣子来的时候，我怎么对他的？要搁在以前，绝不这样。现在，操，成天在家对着孩子吼，要了命的。过去七年，我顶多一个月见他们一次，现在好不容易回来团圆了，却又吼他们。再就是打老婆。以前不这样，虽说我老婆一向烦人，可从前我都迁就她，知道不？现在不会了，年纪大了。我在牢里发过誓，说出去后，后半辈子得好好过，找个地儿安顿，没那些个鸡佬跟你掏鸡巴就够了，安生了。可现在安生了吗？没有，明摆着没有，还是以前那样，狗屁混日子。"

"拉塞尔那家伙，"弗兰基说，"谁碰谁来气，他人就这样。"

"可不是，"阿马托应道，"要搁在以前，我才不管，他爱惹谁惹谁，我都不当回事儿。这活他要是合适就来，反正我又不是在找对象。他能干，我觉得他能干好，就成了。"

"呃，"弗兰基有些诧异，"这么说，你改主意了？"

"不知道，"阿马托说，"我跟人打听过他，当然只是随便问了几个，不然人家还以为我要干嘛，漏了风声。打听他主要是想看看合不合适。乱来的，枪口不长眼的，咱不要，因为没必要。死个人又不会多块钱，不划算。咱要找就得找稳重、不坏事的。

"那些人，"他继续说，"可不是银行里上班的那帮傻叉。那帮傻叉专会意淫，什么哪天闯进来两人，抢他们钱。呵，那是他们的钱吗？还不是人家要他往哪装就得往哪装。他们可不是那种人。"

"都是好汉。"弗兰基说。

"是好汉，"阿马托说，"这帮人不一样。冲，太冲。有些你都不知道他啥时出手，一出手就跟火烧屁股似的，惹一身灰，最后还得你自己动手蹦几个枪子完事，要了命的。另些个嘛，拽死了，就算搞不清楚状况，也不会由着上门找茬的人胡来，人家一看还以为耍猴呢，但结果可就大不同了，有得受呢。"

"你跟我说的，该不会又是北角区那档子事儿吧，约翰？"弗兰基问。

"六宝骰？"阿马托说，"不不，不一样。但我必须要说一句，弗兰基，要是当初你多考虑那么一会，再找个知事的仔跟着，事保准成。北角的场子，总有一天会被端掉，哪家伙端掉哪家伙就发了，金山银山地发了。"

"要真敢去端的话，"弗兰基道，"我倒想见见是哪个刺头儿，完事就见。他娘的，你都不自个儿瞧瞧的吗？角落电话亭那儿，那儿他妈有人！电话公司干嘛在那鬼地方安亭子？还不止呢，你去瞧那场子窗后头，还坐着一个呢，使劲盯着亭子。这大晚上，黑不隆冬冰天雪地的，一个人在亭子里待着，他吃饱了撑的？我看呐，他就是在那盯梢混饭吃，这档差事咱瞧不起，可毕竟稳当。本以为没人在外头，可人家出来了，还有那小巷。跟你打赌，那晚场子里，最多不过十几个打手，钱也都收好走人了。"

"钱还是在的。"阿马托说，"场子里还有的是钱。"

"'钱多多，都是大把的输，玩骰子哪有一手顺的，'"弗兰基仿阿马托的语气道，"'你就直接上，拿钱，那帮人不敢报警，条子也不会追你。过了比利鱼庄，上了楼梯，你这后半辈子算是有了。'是啊，你看狄龙好得多快，都不敢信，跟他的人估计有半百吧。北角那场子，十四岁我就听说了，"弗兰基说，"可问题是，这么长时间，没人端过，没人，搞不明白。"

"我闺女也十四了，"阿马托说。

"操，"弗兰基说，"都过去这么长时间了。"

"对啊，"阿马托说，"十四了。那天她把东西忘梳妆台上，好像是浅蓝色的一个纸盒子，我进去一看，是避孕药。"

"你扯!"弗兰基说。

"我不信呐,"阿马托怒道,"所以去问康妮:'看在上帝的分上,你倒是解释解释,这他妈究竟怎么回事?'你知道她怎么回我的:'就这么一回事,咋了?别人都在用。''啥意思,别人都在用?别人是哪人?我闺女到底做了什么,啊?跟我说行不?别人的不管,说我闺女。'我差不多已经被逼疯了。康妮说:'难不成,难不成你让她怀上?'这会我才是信了邪了,我他妈信了邪。我对她说:'康妮,她才十四,我了个天,十四啊,不觉得早了点吗?'"

"嗯。"弗兰基应和了一句。

"是啊,"阿马托说,"知道康妮怎么说吗?她就问我:'你跟罗莎莉一起的时候她多大?'"

"那会她多大?"弗兰基也问。

"十八,"阿马托答道,"差远了。当然我也不会直说,只要她一提起,我就说没这档子事。但话说回来,罗莎莉,那会她连药都不吃,每个月……呃,反正她那活不行。"

"不会吧,看上去不像啊?"弗兰基有点好奇。

"反正就这样,"阿马托不耐烦道,"操,上她比登天还难,还烦死个人。回回都得讨好她,说是真心待她。我他妈脑子被狗咬了。好不容易搞上床,她躺那一动也不动,简直是块木头,而且也不吃药啥的。我就说:'罗莎莉,好歹你也吃点啥,难不成想大肚子?'说完她就呜呜咽咽哭了,嚷着罪过。我搞不懂,懵了。我承

温柔的杀戮

认那会是傻，以为自己在追个宝。现如今想，当初我舍了命追，到底值不值？它就值个屁！"

"毕竟她还算漂亮，"弗兰基说。

"那晚的比赛看了吗？"阿马托问，"我看了，那晚刚在家，康妮也正好睡着，估计她下巴肌肉累了。知道我为啥喜欢看电视？因为不想听的时候能关掉。那晚比赛，史立德一脚球打在瑞典队中锋的大屁股上。你瞧见了没？"

"我出门了。"弗兰基答道。

"哦，"阿马托说，"有天晚上我碰见罗莎莉了，在主干道上。康妮让我下车买点面包，当然这是题外话，我搞不懂，平常我不会差遣她，她干嘛来差遣我？但总之，我碰见罗莎莉了。比瑞典中锋还壮，不骗你。"

"她原来长得真的不错。"弗兰基说。

"呵，"阿马托说，"人家结婚了，总算是了了自己一桩心愿。当初一起的时候她就惦记着这事。我纳闷她干嘛在床上挺尸，她却琢磨着我会不会和她结婚。可我有康妮了啊！我可不想再结一次。结过了就够了，真的，男的结一次婚就够了。但人家不这么想。如今她也怀孕了，第四个吧，我猜。当年骚货一只，现在也有主了，哎，胖得不成样了，我打赌她连我的裤子都穿不上。凡这世上的东西，时间一久都要臭。康妮拿话刺我，说：'看不惯是吧？行啊。你把自己正经当爹，跟她念叨，这六七年你待牢里没管她吃没管她穿，现在她大了，你却告诉她，说她不要脸。'也是，在牢里待着，康妮也不可能跟我说出了什么事，那我怎么会知道？现在也只能瞎瞪眼，由她去了。没事，没什么大不了，顶多心里不痛快，没事。"

"听着，"弗兰基打断说，"没别的意思，你痛不痛快碍不着我什么事，说正经的。"

"你那还没动静？"阿马托问。

"别提了，"弗兰基说，"下了缓刑，他们还以为我会信那一套：'给你安排好了，霍尔布鲁克，装配工，一周一百三，下午四点到凌晨。活是妥当的，够你生计。'

"不错，"弗兰基说，"可我住萨默维尔，下午四点到霍尔布鲁克，怎么去？这还不打紧，大半夜的叫我怎么回？'车呀，你得买辆车，驾照我们会帮你拿回来。'

"用啥买？"弗兰基问道，"穷光蛋一个，用啥买？哎，他们凭什么打定我要挣这个钱？我有姊妹家可以住，还愁冻着？要我买车，没钱。他们说：'要不搭便车。'在广场那转悠转悠，兴许刚好碰到去霍尔布鲁克的车。啊呸，亏猪脑子想得出来。

"他们又说：'那搬过去。'一样，钱。有钱我就搬过去，有钱我他妈早搬了，还来这惹麻烦？他们也没别的办法，只说去的话一定会雇上的，要不试试救济站，看能不能拿到救济金搬家。说完那人就弄咖啡去了，被我弄烦了，这事就这么了了。然后我碰见拉塞尔，就一同回来。拉塞尔那家伙，估计过不了几星期就可以买间小旅馆了。"

"靠偷狗赚不到。"阿马托问。

"还在做呢，"弗兰基说，"拿够钱再搞别的，快了。其实我也有想法，像他那样，只是先得搞到本金。"

"什么想法？"

"我一朋友，"弗兰基说，"之前见面，问过得怎样，我们就边喝汽水边聊了会，他请客。完了后又说要去个地方，想不想跟过去看看。

"那就看看呗。到了一瞧，哟，美金，全是二十块的美金，花花绿绿的，美哟。当时就想买了，要是身上揣着千把块钱，可以买他个两万啊。真的，跟你说，张张都真得不得了，拿聚光灯看都不成问题。"

"你还是赶紧给那朋友打电话，跟他断了吧，"阿马托轻蔑道，"被抓是迟早的，叫他赶紧到药店买把牙刷，以后用得到。"

"不是的，约翰，"弗兰基辩护道，"东西是真好。纸没问题，墨和颜色都没问题。跟你说，我仔细瞧过。仿的人应该拿一些给造币厂看看，比真的还真!"

"听说过胖子赖安？"阿马托问。

"不清楚他。"弗兰基答道。

"他不在这，"阿马托说，"在亚特兰大牢里，得坐十年，就为了这个。好玩吗？跟你说实话，东西确实是好东西，我同意，几乎看不出来。胖子对印刷什么的也算懂，可他妈的没长脑子啊。你那朋友，操狗的那位，一样，人没问题，就是没见过世面。天下比胖子还蠢的，就数跟你混的那帮人了。那东西的用处，除了擦屁股，就是卖给你们这种人，没见识，等花出去了，你就知道后果了。这才贱卖给你们。

"里头有啥猫腻？告诉你吧，胖子带钱去了跑狗场，这猪头，想自个儿把钱全用出去，押了整场，一晚上就弄出去一万，还自以为多有能耐。五百张钞票全是假的，全他妈一个号。

"你以为跑狗场的那帮人都是傻子、猪头、笨蛋？都是睁眼瞎子帮你花假钱？这辈子都不可能，我告诉你！收钱的总归要学学看假识真，胖子张张二十出手，烧钱像疯子似的，谁不疑心？所以，等第八场结束胖子下来，几百号人马，保安、警察甚至特工处的，都到齐了。你猜他怎么说？一个字都没说，直接法庭上见。这回他才知道栽了，原本早该知道的，按他们的话说，这叫伪造货币，罪不轻，可胖子还瞅着他们说：'这些可用咖啡做旧了。'

"接下来，"阿马托继续说，"他们递给他电话，胖子就打给迈克，迈克让他先闭嘴，自己就过去。那儿的人迈克都熟，所以径直就进去了。进去后人们都笑他，迈克就奇怪了，就拿报告和证物看。看完之后，迈克进了牢房，和委托人，就胖子，碰了面。胖子说：'兄弟，见到你就踏实了。'你知道迈克怎么说，他就看着他：

　　　　　　　　　　温柔的杀戮

'胖子，这回不收你钱，认了吧。'然后就走了。

"瞧见了吧，"阿马托说，"所以说你们这帮人不中用，就你找的人，跑个腿还行，但没脑子，做事不经过这儿，说到风就是雨，看到好的就上去啃。啃那东西的早有几百号人了，好坏大家都知道，就你们还蒙在鼓里，愣头青在那乱撞，人家都瞧着呢，非迟早把自己送进去。凡做事，都得换条路子想，想别人想不到的，要不干脆去霍尔布鲁克上你的正经班，其余的免谈，你冒不起这险，坐不起这牢。"

"行，"弗兰基说，"你有路子，有路子就直说，只要不是六宝骰那档子事都行。我可不想大晚上的再跑鱼庄那小巷，最后中个两枪埋到埃弗里特去，甭想。我只想弄点钱，我还不想死。"

"知道知道，"阿马托说，"行了，谈正经的。现在都还没定呢。先问你，那操狗的，抄得了牌局吗？"

"呵，这，"弗兰基说，"这还用问嘛，肯定的，只要找家合适的，随便拉个人都行，反正用不着对付枪火。但就一点，钱少，比起六宝骰来说不是一个档次，这种他妈都是上头有人的，一圈人堵你，不是打死就是吓死，没两下子真不敢上。"

"现在就有一家可以。"阿马托说。

"一家？十家都有，"弗兰基说，"跟你说，约翰，光我知道的就有十家，但问题是，抄完之后，全他妈有打手追啊，起码八九个。"

"呃，"阿马托摇头道，"这家不会，或许都不鸟你。"

"咋回事？"弗兰基不解。

"因为只要牌局一抄，"阿马托答，"他们就知道是谁干的。"

"怎么听着不妙啊？"弗兰基问。

"不是我们，"阿马托解释道，"记着，这帮人怎么想的我知道，压根就不会想到是我们，也不会是别人，就一人，只会冲着这一人，把他一解决，这事就算完了。到时你，我，还有那小子——要是让他来的话——我们仨，轻轻松松，四五万到手！"

"这是给谁设的局吗？"弗兰基问。

"这局不是你给他设的，"阿马托说，"是他自己设的。牌头马克·查特曼，他开的第二家。上一家之前被抄了。马克自己抄的。"

"噢。"弗兰基说。

"他抄了自己家牌局，"阿马托说，"那帮人就跟炸了锅似的。其中被抢的有个大夫，兄弟是做州警的，简直疯了，要死要活的，最后只好补给他三、四千块钱才算完。那帮人后来还是找到了马克，但马克真他妈会演，几下就给糊弄过去了，那帮人信得一愣一愣的。

"这下大伙都收敛了，"阿马托继续说，"凡出了大事，基本都这样，场子全倒了，没人敢出头。个把月后，也不知听谁嗷了一声'操他妈的'，汤米·鲍尔斯，应该是他，叫了十来个大块头挡门面，硬是开了一个，结果啥也没动静。然后特斯塔也开了，还是没事。这下才一家家又冒出来，大伙又乐了。

"那天，一帮人聚一块喝酒闲聊，喝到兴头上，有个人憋不住开始嚷嚷，说这真他妈笑话，啊，全打了鸡血似的，亏这现在又开了，大伙不遭罪了。合着人还多起来了不是？然后马克就在一旁哈哈大笑。瞧见了吧，到底没忍住。他和大伙坦白，说主意是自己想的，人是自己叫的，俩水泥工，碰巧认识，一人拿了五千，自己拿了将近三万。"

"他没被弄死算他命大。"弗兰基愤愤地说。

"呵，"阿马托应道，"是命大。但你不懂他。一来他这人吃得开，二来，地方上的牌局已经重开了，时机好。想当初大伙关门歇业，亏得出血，都躲在家里不出声，那会儿要是抓出来，马克肯定活不了，但那会儿没抓到。现如今，人是自己招了，可又能咋样？被抢的又不是他们的钱，只要往后不出事，能放他一马是一马。毕竟人家来不来玩牌，看的是场子可不可靠，现在门外一溜的大块头，还管他干嘛？"

"那这条路就没法走了。"弗兰基肯定地说。

"还偏要走。"阿马托说。

"它好在哪？"弗兰基问。

"我是这么想的，"阿马托说，"马克的牌局我去过两次，打牢里出来后，两次。一天晚上我在城里听消息碰见他，两人就喝了点酒，马克说自己新开了一家，让我啥时有空去捧个场，我就去了。两回都是在周三，他一周就开两次，一个周五，一个周三。周三晚上来的人，周五大都不来，所以两晚上基本是两帮人。粗略算，我待的这两晚，场子里统共得有四万块钱。有个穿天鹅绒裤的，两晚我都碰见，每次兜里都起码揣着五千。如果照这情况，四万应该差不了多少，况且只是看到的。上牌局的人一般会多带点，万一手气不好也可以应付。所以，要是你进去的时候往他们身上磨蹭磨蹭，一晚上顺走一万是不成问题的。"

"还不错。"弗兰基说。

"那儿人多，闲言闲语的，我也听出了些料，"阿马托继续说，"马克又离婚了，免不了要出来快活快活，叫几个妞玩玩。那些处不来的，他就不请了，说是'只谈朋友，不谈生意'。来的人当中有几个是周五牌局上的，他们就是那晚知道的内幕。马克夸他们是'好客户'，说'在我的字典里，好客户就是好兄弟'。这么一来，我猜周五局上的钱应该比周三多。那要去的话，周五还是周三呢？我想，还是周三好。周五的情况不太一样。前五天动静小，周五、周六进进出出的人多，乱搞的也多，你还得考虑这方面。另外，我猜周五的那帮人大部分应该不会再过来，这样就不会得罪，再加上那晚没什么大块头在。所以还是周三好。"

"到时咱怎么分？"弗兰基问。

"分三份，"阿马托答，"我拿一份。"

"多了点吧，约翰？"弗兰基表示不满。

"不算多，"阿马托说，"地方是我找的，主意是我拿的，三份拿一份合情合理。剩下的怎么办随你，找个伴，就那疯子，给他五千也成。我没意见。"

"我带进去的人和我五五分。"弗兰基说。

"说了，随你。"阿马托答。

"你不进去？"弗兰基又问。

"嗯，"阿马托答，"我进去，他们不得把我烧了？那晚我会躲得远远的，让一大帮人围着，亲眼看见我不在场。知道为啥叫你吗？听着。我能做的就是指给你地方，但我自个儿不能去，所以我得找一个信得过的人，不会明明拿了五万却说三万，我又不知道是不是唬我。这趟活，我只做军师，你俩就是跑腿的，必须按我说的做。"

"知道了，"弗兰基说，"算我一个。现在拉塞尔你打算怎么办？"

"怎么办？"阿马托反问道。

"我还是觉得他合适，"弗兰基说，"你看得上不？"

"懒得看，"阿马托说，"你要是有能耐，把人猿泰山拉来，光溜溜的系块小布条直接上都没问题。我只要办事妥当的，就两条：第一，有胆，这你说他有，第二，我的那些主顾都没见过。"

"操，"弗兰基无奈道，"坦瓷知道我，他娘的。"

"坦瓷不算，"阿马托说，"他人在刘易斯堡监狱呢，帮政府做家具，短时间出不来。再说现在对他不满的人也多，说他应该同其他人一样，在亚特兰大关上十五或二十年，而不是仅仅五年。干这行的人里，他算是名声最臭的，却只关五年，真叫人纳闷。这不叫人想不通吗，你说呢？后来听说人也不在刘易斯堡，好像被绑了，送去某个地方，吃的牛排，家人也被弄过去瞧他。但又说不是这样，到底咋样搞不清楚，反正现在没人买他的账。我都合计好了。"

　　"行，"弗兰基说，"那我去问问拉塞尔，他应该不认识什么人。"

　　"这家伙为啥进的牢？"阿马托问。

　　"挺出格的吧，"弗兰基答道，"他也没跟我细说，要说就早摊牌了。我听来是这样。他跟一哥们去抄药店，通宵的那种，不巧店里有个人常年被黑鬼追，所以藏了枪，一下子枪子那个乱飞，都乱了套了。后来得手是得手了，但他哥们也……哎，我也不清楚。他们拿的枪是一样的，所以我猜拉塞尔是作梗掉了包。店里打伤的那人指认了他哥们，反正死了，所以判的时候全推给了他，连带着拉塞尔也是被他挑唆的。另外拉塞尔还上过前线，得记一笔。这么一来，拉塞尔只要在庭上走个过场，原本重罚的，也就轻判了。"

　　"你能保证办事的时候他不嗑药？"阿马托问。

　　"他没那么大瘾，"弗兰基辩解道，"你自己也打听过，人机灵，知道自己干嘛，没把握的事他不会上手。"

"这你可得瞧准了，"阿马托说，"抄药店的家伙可不单单是为了几块钱。有时瘾上来了，想吸点东西，别处又弄不到。这种人，没了药就没法活，你又不是不知道？"

"听着，"弗兰基说，"他这人就喜欢一样东西，摩托车。我俩刚认识头个月，整天在那叹气啊不服啊，你道咋回事？他娘的，为了筹律师费他把自己的宝贝车给卖了，一辆蒙奇的猛犸。今儿要是有车在这里，我是不叫他的，他进来保准疯。但你说药这东西？用是用，没错，可人家不上瘾。"

"记住一件事，"阿马托说，"咱最不愿意见到的，就是冲进去乱开枪，然后死个人。这他妈要上告的，一上告大伙都不安生。马克以前是抄过一次，这次要是还来，下手必定会更小心，人也必须是妥当的。这帮人都是他老客户，抢钱归抢钱，不是抢命，他还指望着回头客呢，这帮人时间一久就忘了咋回事了。"

"那他是没事的。"弗兰基说。

"但愿吧，"阿马托说，"现在就等动手了，你行不？"

"我没问题，"弗兰基说，"要是再不找点活干，怕是得回去求他们开牢门了：'让我进去吧，找不着活，天也冷了。'"

"就得趁早，"阿马托说，"其他人保不准也有打算，快到手的鸭子别让它飞了。"

"放心，"弗兰基说，"我这边饿着肚子，他那边等着卖狗，都急。再说了，我这条命再不拼，就没命了。家伙你都备齐了吗？"

"一辆车，"阿马托说，"康妮养的那帮小子，全他妈废物，不过其中一个小兔崽子，还算不傻。我知道一辆克莱斯勒，漂亮，让他去估计线都不用搭就能开回来。另外有两把点三八，够用，至于面罩什么的你自己弄。"

"要短管霰弹枪，"弗兰基说，"大家伙，一进屋把他们吓尿。"

"弄得到就用，"阿马托说，"我没问题。只一点，别他妈给我磨磨蹭蹭的，天底下聪明人不单只有我们俩。"

温柔的杀戮

第四章

一百二十八号公路向北，克莱斯勒三百系，时速八十，悄然。

"真是个漂亮妞，"拉塞尔回味道，"真的，奶子又大又嫩，搞起来就是爽，往死里操。这车也不错，里子旧了点，车还是好车。"

"我说，"弗兰基接道，"你要是再买车，就应该是这档次的，那才叫爽。"

"把这辆留下。"

"合我的意，"弗兰基说，"车就要漂亮、劲道。但这辆不能留。要是买，这边又没什么正经车。操。再说说你那妞吧。"

"想来点刺激？"拉塞尔问，"还没钓到，对不？"

"预备明天晚上呢，"弗兰基说，"弄完今天这趟活就洗手不干了。哎，再跟我说说。妞我自己会找。"

"呵，你又不是没操练过，"拉塞尔挖苦道。

"行，你行，"弗兰基说，"跟你这种连老羊那逼都不放过的家伙聊，真他妈行！"

"规矩第一条，"拉塞尔说道，"找个干净点的老头。牢里可见不着妞。"

"谁说老羊他干净啊？"弗兰基问道。

"不是我，"拉塞尔答，"往下第二条：要是没干净的，就找不干净的。"

"那会应该给你弄只真羊，"弗兰基打趣道，"牢头我熟，弄一只进来给你玩玩，大伙也饱饱眼福。不过话说回来，约翰说你操狗，到底是不是真的？"

"狗咬人，"拉塞尔说，"我以前认识一家伙，养了条腊肠……算了，不说这个了，给你提个醒吧，弗兰基：别碰狗，咬到命根子会疼死人的。要玩就找女人。要是你钓得着的话。"

"甭提了，"弗兰基说，"都不知道钓得着钓不着。妞这玩意如今兴许都停产了，跟半球发动机一样，开着不爽、吃油，就不卖了。所以没妞也不稀奇。"

"有妞，怎么没妞？"拉塞尔回道，"有我们在，就有妞在。大胖鼠想要找人就找到我们，让我们给他卖命，自己跑一边喝酒还可以拿整一份的钱。我们这种人，他想找就找得到。妞也一样，比我们好不到哪去。说白了，一物降一物，都他妈垃圾。我操的那个？简直一疯子，失心疯。外头看漂亮得跟仙一样，里头完全不一样，脑子和脸搭不到一块。纯癫子。

"那天我到她家，在灯塔山，她出来开门，"拉塞尔继续说，"门开了一看，好家伙，啥也没穿，身上半块布都没有，就挺在

温柔的杀戮

那，光溜溜地把我馋得。人真是漂亮！不是说我没搞过好的，老子也见过世面，但这妞，确实算得上人物。我杵在那看，妞就开口说：'来不来？你想站那一天？'我就冲进去把她操了。完事后又和她在床上瞎弄了一会，她家的大麻确实地道，确实爽。就是这人太疯、太狂。"

"把号码给我，"弗兰基迫不及待地说，"你别再去了，兄弟我不想让你和这种骚逼混。你把她号码给我，我去给她念念经洗洗罪。"

"我可没说不去，"拉塞尔反驳道，"我只是说她疯。"

"还是别去了，"弗兰基说，"像你这样有前途的人，和她混，迟早会出事。不如交给我劝诫劝诫，我会让她爽翻天的。"

"行，"拉塞尔说，"到时她可就说什么做什么了，你等着大伙骂你吧，大英雄。她可是连命都不要的。"

"大伙就会这一套，"弗兰基说，"一出事就爱唠叨，搞不懂，这帮人都在教会上的学吗？懒得搭理。我以前泡过一妞，是桑迪的朋友，裤子跟胶水粘上似的使劲弄不下来。人长得不坏，就是有点龅牙，屁股真他妈又翘又圆。她说既然处了对象，就得结婚。我那会傻，满脑子就想和女人干那事。要结婚，行，要我坐牢，砍我腿都行。我真太他妈饥渴了，只要能上，让我做啥都可以。我记得和她在车里搞过，说来你都不信，就我老头那破车，开啊开啊开啊，直到她觉得她爹的熟人不会撞见才停下来，有一回都到奇卡托布的水库了。那会我二十，妞大概十七，为了摸到奶子，我可费了番功夫，差不多一年呢。我带她去露天影院，带她跳舞、喝酒，在她耳边磨蹭，可到头来还是只能隔着衣服摸。毛衣、衬衫，碰上她真醉了，我才有机会把手伸进去，隔着奶罩给她高潮。操！有天晚上，我总算把手摸进奶罩了，解都没解开，只是摸进去，结果一下射自己裤子里了。"

拉塞尔一阵狂笑。

"真的，"弗兰基说，"全粘住了，然后就这么开回去。以前混豪第的时候，听人说那到处是鸡，全是卖的。我信了，还把她们名字都要到了，但我一个都没找过。在石油公司干活那会，就想当个修理工，上面给辆小卡，一年挣万把块钱，刮风下雨早上三点起来，但没事，因为我想找个好女人。我不要他妈的野鸡。你能想象不？爱情，实打实的爱情！我不要她骚，我要她只对我一个人好，我们还会结婚，会好好过日子。"

"会生几百个娃，会住间破房子。"拉塞尔挖苦道。

"对，"弗兰基说，"可她爹不行，一周只许她跟我出去两次，周五一次，周六一次。周三的时候可以上他们家，但他们家总有一堆人围着，十点还必须走人，因为隔天她得上学。"

"上高中？"

"高中，"弗兰基答，"我都二十了，却看上一个高中的。"

"有时候我真觉得，弗兰基，你能不能别再犯傻了？"

"难说，"弗兰基答道，"记得有次送她回家。按平常的话，周五十一点半，周六晚半个小时。可那次，忘了是哪天，反正送到的时候已经快半夜两点了。那晚是去蓝山看电影，她难得正儿八经地吻了我，可好死不死的车里还坐着一对，把我给恼的，下面胀着都难受。我一周才见她三回！等到家的时候，她爹也起来了，见我跟狮子见着羊似的：'你把她怎么了？'见他吼成这样，我只好装老实问他：'什么怎么了？'你没看到当时他那张脸，没把我毙了算是奇迹。妞还在一旁站着，他都不管，只对我吼：'你这小杂种，是不是睡了她？'听他这么一句，我直接就傻了，张口都不知道说什么。那晚确实又射裤里了，我都不敢低头看是不是印了出来，一低头就得露馅。她爹接着吼：'别以为我不知道，混账东西！一混蛋能打什么好主意，你以为我不知道？'那样子是非得杀了我，妞就叫住他。妞平常对我横，想不到对自己爹也横，反过来吼他一句：'你这话也太难听了吧！'说完就'咚咚'跑楼上去了，剩下我跟她爹面对面站着，然后她爹'啪'的一声，摔门进去了。

　　"打那之后，周三就去不成了，只剩下周末，每次去的时候还都以为她爹要跟上车。没办法，我只好找别人玩，一帮混混，然后就认识了约翰，开始帮他做点事。到那时我脑子里想的还是妞。我想讨她做老婆。可就算做了老婆，她爹都不一定让我操她，说不定还只准周五、周六，半夜前送回去。我整个人就跟丢了魂一样，都不知道自己在做什么，然后就稀里糊涂被抓了，关在里头等着受审。上法庭那天，桑迪和我妈都来了，詹妮思和她爹也来了。十年。十年是啥意思？他们要干啥？我连，我连二十一都不到啊，就有人说十年！怎么算的？可你知道法官怎么说，他说：'年轻人，要是你还不知悔改，这辈子将铸成大错。'当场给我判了十年。铸成大错，哼，割了你的鸡巴逼你吃了蛋才他妈大错。

"接着他们就要把我带下去，法警那老头，衣服上全是汤渍。我妈、桑迪他们都在哭，詹妮思也哭，哭得歇斯底里的。哎，本来该让她出去和狗扔东西玩，也好缓一缓，我自己碰上麻烦事的时候就用这招。你估计用不上。我妈他们想跟我说句话，但法警不让，我自己还没缓过神来，也不想跟他们说什么。十年，妞连鸡巴都没给我摸过，我就得进去坐十年，能不憋屈吗？我就让法警带我走。然后妞就在那要死要活的，看着都难受。等进去三个月后，桑迪来看我，说詹妮思结婚了。说了又有什么用。"

"现在的娘儿们可不一样了，"拉塞尔说，"你关里面太久。我操的这妞，性子烈着呢，怎么说怎么来。要是万一玩过了火，和她一起那人可跳进海里也洗不清了。我洗不清，你也洗不清。还是留她自个儿玩吧。"

"别管我。"弗兰基说。

"她是不给我留条后路，操，"拉塞尔说，"'咱再来一发怎样？'当然，巴不得，分分钟下面就举起来了。妞说'我来'，就给我吹起来。结果，操，老子从没射过那么多，真是憋坏了。我没跟她提过醒，结果射了满满一嘴，都快吐了。妞坐起来擦了擦嘴，斜眼瞪着我说：'谢了，混蛋。'我就说：'我不知道会出来那么多，你看上去倒像是挺懂的。''废话，'她顶了一句，'你以为老娘稀罕你这骚奶味？'

"我告诉她，"拉塞尔继续道，"当初老羊就经常吃，还嫌不够，说吃了这东西人可以活络好几岁。我跟妞说：'老子都嫌，可老羊他就馋这个，没辙。'妞骂我说：'吃屎去吧你，小鸡崽子，你们没一个好东西。'然后巴拉巴拉讲一堆她自个儿的屁事，两人就躺在那。妞住的房子还不错，墙上都是非洲的面具。她在那抱怨来抱怨去，说什么头一回就不行，回回都不行，但自个儿还留着念想。后来总算明白了，这房子根本不是妞的，是她姘头家，音响啥的全是。那男的想要混个什么名堂，天天夜夜待在学校里弄个没完，可怜那娘儿们有骚劲都没地方使，只好在外面找男人，往《凤凰报》上登小广告：'劳改犯、阳巨、懂得疼女人'。当然妞没和我当面提，但意思一样。我就跟她说：'别废话行不？想干？我来干你，哪来那么多废话。'这娘儿们边摸我东西边骚：'他自以为什么都知道，我就什么都不知道，他想怎样就怎样？休想！'接着妞就说要了断自己。我盯着她看，这娘们还真来劲了。记得那个土著领头格里南吗？下面一堆人等着要灭了他，他还到处溜达，衣服下藏了块板，那眼神你还有印象？"

"他清楚这不顶用。"弗兰基说。

044

"对，"拉塞尔说，"总不能洗澡的时候也带着板。可妞这股劲，和他一个模样。要是真了结了，我麻烦可大了。为啥在别人家待着，这女的和你啥关系，一五一十都得和条子说，上法庭是必须的。所以我劝妞，说再等等，要不这会再来一发？两人就又操上了。说句实话，我是个愣子，妞是个疯子。弗兰基，你还是别缠上她。"

"我考虑考虑。"弗兰基说。

"行，"拉塞尔说，"我帮你传个话。妞会打电话过来。瞧见没，你不能打给她，搞不好她妍头在家，只能她打给你。约好明天的电话，原本是今天的，可我出门了。操，你该瞧瞧今早我弄的这条德牧，乌黑油亮。

"我—朋友昨晚找我，说尼德姆那有人藏了好些银币，那东西现在卖得俏。按他的话：'进房不费功夫，跟上床一样，小两口都上班，没孩子，就那狗有点麻烦，跟狼似的。'他的想法，我先把狗引开，得手后钱分五份，我拿一份，狗归我。

"我就跟过去了，"拉塞尔接着说，"这家房子离街远，旁边都是树，漂亮。等绕到屋后头就碰到那狗了，见人跟见了鬼似的，可劲蹦啊嗷啊。'行，'我跟朋友说，'把狗放出来。'这大家伙，不能在屋里斗，可我朋友懵了：'放出来？开玩笑吧？非咬死咱俩。'但最后他还是撬了窗，那家伙'嗖'地一下跳出来，跟火烧屁股似的，见我手臂上绑着羊毛衫，立马扑过来把我按倒在地。我就把手臂举高，想咬偏不让它咬，吠得疯子一样。我赶忙往它嘴里塞了一根棍子，它咬不动只能嗷嗷地吼，再扔六片镇静药进去，把棍子拿开，等咽下药之后再塞回去。棍子已经差不多咬了一半了，只好再塞进去一点。接着拿根绳，打个活结，连嘴带棍都绑上，腿也绑上，和朋友一起抬进车里。车是问肯尼借的。这家伙，是条好狗，买过去杀人都行。”

"银币到手了吗？"弗兰基问。

"没，"拉塞尔答道，"藏银行了。"

"那不白干了，"弗兰基说。

"倒也没白干，"拉塞尔说，"他那几手我知道，出来后看了看，几台小相机，彩色的，还有一些银器、账单。小两口把银币抵给银行，再贷现金。常有的事。"

"兴许我也得弄点，"弗兰基说，"去银行借点钱，那帮人应该不为难我，之前一次借还是在牢里呢，把我那枪抵了。"

车子拐进贝德福德-卡莱尔方向的匝道，绕安全岛向左驶上十二号公路，通过横跨一百二十八号公路的立交桥。前方，十二号公路漆黑一片。

"也让他们瞧瞧，小瘪三如今出息了。"拉塞尔打趣道。

"那是，"弗兰基说，"档案啥的给我看仔细喽，浪子回头！呵，行了，别扯了，先看看今晚再说吧。"

车在第五个叉口右拐，驶过光秃秃的橡树枝底，爬上缓坡，一块白色标牌进入视野，上面手书：安乐窝。弗兰基顺势右转，上了私车道。

"还有高尔夫球场，不错啊。"拉塞尔说。

"哦，玩意儿多着呢，"弗兰基应道，"约翰说健身房、桑拿、按摩都有。估计先洗个热水澡，再给你打一炮。"

车从北边绕过两层楼的汽车旅馆，进入后院的停车场，里面蒙着惨淡的光。

"要不这样，"拉塞尔说，"咱不进去，就在这儿待着，等他们人出来再动手。"

"可以啊，"弗兰基笑道，"能出来的都输光了，你要钢笔、打火机的话就去捞吧。傻蛋。"

弗兰基把车停在车道口，对准出口方向，然后关上灯。

拉塞尔从后座拿出一个驻步连锁店的购物袋，从袋里掏出蓝色的羊毛面罩，一个给弗兰基，另一个套在自己头上，又掏出黄色的塑料园艺手套，一副给弗兰基，自己戴上另一副。

"操，也太厚了吧。"弗兰基抱怨道。

"听着，"拉塞尔说，"拿到什么用什么，行不？薄的没有，扫树叶的胖子就需要厚的。自个儿尽力吧。你用短管的？"

说着，拉塞尔从袋里拿出一把史蒂文斯十二口径双管猎枪，枪管切口在枪托前端之后，枪托切口则在小握把之后。整把枪共十一英寸，装了两发绿壳子弹，弹身从枪管切口突出四分之一英寸长。

"操!"弗兰基惊道。

"你说你要短管,"拉塞尔解释道,"我就跟那人要短管,那人说有一把绝对没见过的,就这把。"

"烂货,"弗兰基说,"那是什么弹,双圈?"

"本来是双圈,"拉塞尔说,"改造过了。先把弹缝褶子拉平,弹头拿掉,把里面的东西倒出来,跟洛杉矶警察的做法差不多,打出去弹头能裂成两瓣。统共四十五个,在那可以拿六个,够摆平一屋的。你懂?"

"懂。"弗兰基说着拿起猎枪。

拉塞尔从袋里拿出一把史密斯-韦森三八口径手枪,别在腰带上,拉上夹克拉链盖住,下了车。

弗兰基也下了车。猎枪的小握把别在他左侧腰带上,枪管紧紧掐进身板里,切口闪着银光。弗兰基拉上拉链,把枪盖住,关上车门。

两人不紧不慢地穿过停车场,登上通往安乐窝二楼的木制外梯,脚步很轻。

二楼阳台上,光亮从各个房间的窗帘透出来,双数号房挂着蓝色窗帘,单数号是橙色窗帘,窗台下各放着两把红木坐垫的铝制椅。

"第四间。"弗兰基低声说。

二十六号房的百叶门半掩着。弗兰基从夹克衫下拿出猎枪,放在和腰等高的位置，右手握住小握把，左手握住枪托前端。

拉塞尔也从腰带里取出手枪，拉了拉脖子上的面罩。

拉塞尔踢开门，闪身进入房间。弗兰基迅速跟进，把门踢关，身子往后抵住门板。拉塞尔走到书桌那停下来。

房间里有三张圆桌，两张床铺，一张床几，五盏台灯，以及架在铬制基座上的一台彩电。椅子共十六张，十四个男人呆坐在那，手里握着牌。桌上堆有红、白、蓝三色筹码。一张桌旁坐了四人，另外两张各坐了五人。一些人桌前还放着平底玻璃杯。

弗兰基朝脸盆架和旁边的一扇门点了点头，门还掩着，拉塞尔悄悄地向脸盆架靠近。

中间桌有人动手取下嘴里叼的白鸽雪茄，是个瘦子，身穿红色班纶丝毛衣。他把烟头掐灭在烟灰缸里，再把手里的纸牌小心地合在桌上，低声"哦"了两声。

弗兰基摇了摇头。

门开了，马克·查特曼梳着灰白的长头发，从卫生间走出来，头朝右歪着，眼睛瞅着浅绿色的地毯，嘴里咕哝道："唉，你们……"

一把枪顶住了他的脸。

查特曼慢慢抬起头，脸上的肌肉随即松弛下来。他的视线越过枪和拉塞尔，扫到屋里，定格在弗兰基身上。"好吧，"他开口说道，"希望你们知道自己在做什么。我去拿。"

拉塞尔看了一眼弗兰基。弗兰基点了点头。拉塞尔把枪放低。查特曼绕过拉塞尔，走到壁橱，打开百叶橱门，从底层取出两个新秀丽牌公文箱，然后退回到屋里，转身走到最靠近脸盆架的一张床，把公文箱放在上面。走动的时候，拉塞尔一直拿枪对着他。

　　"我能坐下来吗？"查特曼问。他看着拉塞尔。拉塞尔看了看弗兰基。弗兰基点了点头。拉塞尔回头看着查特曼，点了点头。查特曼在第二张床坐下，两手交握放在双腿中间。

　　拉塞尔走到第一张床边，左手拿枪，右手打开两个箱子。看到里面都装满了钱，他将其中一个合上，另一个依旧开着，然后站起身，后退一步，朝弗兰基示意。

　　弗兰基走到离门最近的桌子旁，在第一个人那停下来。那人身穿一件浅蓝色高翻领，一头短发掺着灰白。弗兰基把枪口对准他的脸，枪边露出的子弹头直逼双眼，那人忙说："别。"

　　查特曼在一旁求情道："兄弟，别。钱都在这了。"

　　弗兰基没理他，对那人说："把你兜里的都拿上来。"

　　查特曼继续求道："别弄他。"

　　拉塞尔快步上前。弗兰基后退，离开翻领男。

　　"这么做他们会抓你的。"查特曼说。

　　拉塞尔走上前，用枪抵住查特曼下巴。其他人都屏息看着。弗兰基盯着他们。拉塞尔用力顶着，查特曼的头向后仰，背部逐渐弓成一道弯，最后不得不用手支在床上保持平衡。他双目圆睁，无法开口，身体渐渐离开床铺。拉塞尔此时突然往回收枪，查特曼向前放松下来，接着说："我没事，可他们……"拉塞尔一记刀削，枪管砸在查特曼衣领上，刚好是在脖子根部。查特曼一声痛吟，但仍在床上坐好。

弗兰基再次上前，举枪对准翻领男的脸。翻领男稍微躬身，取出钱包，把现金拿出来放到桌上。

这边动手的时候，弗兰基把枪移向隔壁，对准旁边身穿灰绿色马球衫的人，那人也开始伸手掏钱包。

"现在有两条路，"弗兰基说，"一条好走的，一条不好走的。想好走，就跟这俩学，自己动手；不想好走，就让我们代劳。咱可没那好性子，瞧见没，我那兄弟？"弗兰基拿枪指了指拉塞尔，"我这会耐着性子，他已经急成那样了，要是老子也急，大伙就等着瞧，枪在他手里。但咱也不想破罐子破摔。大伙照着做，把包里的、鞋里的、衣服上的都拿出来，还有腰带里边缝了兜的，都拿出来，现在就拿。不照做，就给我乖乖待着，当自个儿袜子里都没藏，等大伙齐备了之后，我们哥俩亲自来给您找一找。要是谁记性不好，老子就打掉你几颗牙，给你长长记性，大伙觉得咋样？"

没人吭声。

"很好，"弗兰基说，"这样老子也爽快，越少人挂彩越好。那，就别愣着了，都拿出来吧。轻点声，大伙都好好的。咱只要钱。"

剩下的人陆陆续续掏出钱包，把钱拿出来撂在桌上。两个人脱下镶有铜背的鞋，从里边摸出钱搁在桌上。另一个穿蓝色格子衫的，解下腰带，从背面拉链袋里夹出沿纵长对折的一叠，共四张五十块，在桌上放好。

弗兰基退回到门边。拉塞尔走过去，一桌一桌地收好钱，放进第二个公文箱里，再关好箱，把枪别进腰带，两手各一箱子，绕过上前两步的弗兰基，站到门旁。

"我改主意了，"弗兰基说，"我兄弟有点不爽，想走，我一向惯着他，就不搜你们了。大伙今天表现很好，没人挂彩，就这么待着，别跟上。"

拉塞尔开门出来，快步从阳台走到外梯，放下箱子腾出右手，摘掉面罩，塞进兜里，再提起箱子，小心地下了外梯。

弗兰基拿枪前后指了指，将屋里扫了一遍，等了大概四十秒钟，谁也没动，再往门旁站定。

他很快推开门，向后退出去，关门，拉一把椅子抵住。再等。

弗兰基后退一步，在衣服下收好枪，大步走过阳台，取下面罩，下外梯，穿过停车场。拉塞尔已经在车里坐定。弗兰基进了驾驶座，启动引擎。克莱斯勒关着车灯，急速驶下车道，穿过橡树林，消失在黑夜中。

第五章

午后两点零五分，一辆银色风暴车出现在波尔斯顿大街上，车牌号是罗得岛州 651RJ，顶部贴有黑色乙烯基膜。另一辆福利特伍德汽车违章停在一七七六号酒吧前，车身加装有翠绿、纯白两色外壳。风暴车拐进违章车前面的外侧车道，在布林汉冷饮店门前停了下来，离翠芒街路口只隔一个车身的距离。

杰基·柯根的绒夹克已经起球。他把沙龙烟往人行道上一扔，踩过烟头，钻进了风暴车。带上车门后，没正眼看一下司机，径直说："右拐，两街区。"

司机一头银白长发，上身一件格兰绒方纹西装。挂上液压挡后，问："该不是法院那吧？"

"不是，"柯根答，"就一大窟窿，除了工地上那帮人，没其他的，最多两三个躲车上取暖。别管他。"

车子右转驶上翠芒街。"上头很担心，"司机说，"我说给狄龙打过电话了，狄龙让我来见你。上头就觉得不对，狄龙咋样了？"

"不太好，"柯根答道，"大概三周没见着，周一回来的时候，带了一个人，说是要代他，但那人估计也不在。周二、周三、昨天连着三通电话，说那人忙，让我帮忙再找一个，我就去找了。今天他也没来。医生说他这人心放不宽，在医院待了两周半，要是放宽点，这周也该好了。现在人是回来了，但一点儿人样也没有。昨天去看他的时候，说胳膊里还架着东西，想着就心烦，又不能抽烟。抽两口也好，现在弄得，按他自己话说，像是有人在胸脯上刺了一刀。"

"那这阵子怕是没法管事了。"司机说。车在霓蓝街路口红灯处停了下来。

"事是肯定管不了了，"柯根说，"我觉得他情况很糟。你也知道，以前每次碰见他，总是在那说丧气话，一会胃疼，一会又哪疼。现在连说都不说了，就是问他也懒得搭理几句，大概真的不行了。我想他自个儿心里也有数。"

红灯变暗，车穿过路口，司机改口道："上头听说后告诉我，要是狄龙不行，让我跟他派的人接头。"

"到电影院那里，"柯根说，"看到了吗？右转直走，有个停车的地方。"

"就是你？"司机接着问。

"狄龙告诉我你待的地方，让我在那等，"柯根说，"我四处瞧过，除了我，应该没人在等你，你自己瞧见没？"

司机把车停在一辆粉红色雷鸟后面，说："马克·查特曼的牌局前几天晚上被端了。"

"我听说了，大概拿了五万三。"柯根接道。

"大概五万，俩小孩。"

"哦。"

"你和狄龙听说过这俩毛孩？"

"外头风言风语，有说戴了面罩。"

"是的。"司机答。

"那，可不一定是小子。"

"长头发，"司机补充道，"他们说面罩下露出一大截。"

"你不懂，"柯根说，"之前我去看我丈母娘，说是病了，可老太婆脑子清灵着呢。碰上周末还一起去了教堂，牧师也是长头发。你说的那两家伙，指不定戴了假发，谁说得准？"

"呵，"司机说，"他们穿得像小子，工装裤，臭得跟畜生一样，查特曼说的。"

"查特曼说的？"柯根迟疑了一下，"再怎么着，臭的人还是一抓一大把。"

"查特曼还说，"司机继续道，"讲话的那人声音像小子。"

"又是查特曼说。"

"依我看，"司机说，"他耳朵没问题，鼻子也清灵。"

"嗯，"柯根应道，"这倒也是。"

"但话说回来，我跟他谈的时……"

"你和他谈？"柯根打断他。

温柔的杀戮

"不，不是，"司机忙说，"查特曼叫了康洛西在中间传话。"

"哦。"

"有问题？"司机问。

"没有，"柯根说，"我只是在想查特曼怎么会联系你，要是我的话就不会。"

"哦，我和他确实有联系，"司机答。

"好吧，"柯根说，"我跟他没联系，也不清楚你。我知道那有人，但从来没听说你，有点好奇，仅此而已。"

"我也没和他本人谈过，"司机说，"但昨晚联系过，今早也通了一次。"

"所以没人，"柯根说，"谁也没和他本人谈过。"

"只有康洛西，"司机答，"查特曼在牌局那打给他，他人不在，老婆接的电话。"

"也就是说，现在知道的，都是别人听查特曼说的，接下去找那两小子也照听来的办。不用直接问他。"

"上头不是这意思，"司机解释道，"只是让我打给狄龙，打过去狄龙又让我和你联系，应该是你，然后听听你的想法。算了，你说下一步该怎么做？"

"扎克呢？"柯根问。

"不太清楚，"司机答，"和上头闹僵了吧，大概和他申请复审有关，也没和我多谈，只是说往后不会再给上头做代理了。上头电话打来的时候，我第一时间联系了他，习惯了。"

"扎克跟他很久了，"柯根说，"我常跟扎克聊。"

"其实也没多久，最多五年，刚开始是米古。"

"米古？"柯根表示诧异，"说是来帮人辩的时候，得靠人抬上来。"

"运气不好，"司机说，"但他跟着上头的时候，估计你还在你娘肚子里呢。扎克说那会上头没什么大事，找人代理是后来才多起来的，在他之前，还用过明迪奇和纽约来的蒙多萨。扎克说：'交易做得是好，五年里都挺顺的。虽说忙，但钱也多。'所以他觉得，只要上头不满意，代理律师就立马换。"

"我之前是和扎克联系的，"柯根说，"人不错，还帮我办过事，你要碰见他，替我打声招呼。"

"行，"司机说，"那今天这事怎么跟上面回？"

"呃，牌局都关了是吧？"柯根问。

"大部分，"司机答，"有人问了特斯塔，他说可以想想办法去他那，这样的话他那家应该还开着。其他基本都歇了。"

"和上次情况差不多。"柯根说。

"不会长久的，上头说，"司机应道，"他还说我见了你之后，把你的意思跟手下几个说一声。或者说狄龙的意思。这本来是他管的。"

"我和狄龙谈过。"柯根说。

"他怎么说？"

"怎么说。出了这种事，大伙还能怎么说，"

"上头说这是第二次了。"司机道。

"以前弄过，四年了，现在又来。"

"依我看，"司机说，"那次是查特曼自己搞的鬼。"

"叫了一帮土著演了场戏，"柯根道，"但狄龙说查特曼自己说漏过嘴。"

"可没人查清过。"

"现在都知道了。"柯根说。

"嗯，这次也审了他。"

"教训是有的，"柯根说，"之前就揍过一次。这次要是再犯，我是他我都得揍自己一顿。"

"好吧，"司机说，"从哪开始下手，你觉得？"

"不太清楚，再掂量掂量，"柯根说道，"其实是这样，说是俩小子干的也不是不可能，要不只有查特曼自己了。但不管怎么说，那人肯定知道上次的事。所以，两种可能。马克最近花销多，想再抄一次也有可能，大伙也不会想到他又出这一招。对了，那地方你去过？"

"没有。"

"你看，"柯根说，"谁都没去过，除了查特曼。那旮旯地儿一般人不去的，亏我查的时候，狄龙提到沃波镇的一个人。那人在牢里学了点景观设计，出来后就做这一行。狄龙说他可能在那儿帮过忙，我就电话联系上了。那儿共有八十六间房，旁边都是树林子，单单就开了这么一个牌局。平日里房间都是卖粉的在用，通宵都不做别的。我问过戈登，他说那地方刚开张的时候，他在里面放了几个妞，结果他说：'他们都急了。那帮人，只顾自己喝酒。整晚，吧台上除了服务生见不到半个外人。这么一来，他们是喝饱了，咱的生意可全跑了，真他妈冤大头。'周末的时候热闹点，但来的人都带着妞。'还有野婆娘，'戈登说，'现在野婆娘多，黑鬼也多，厕所坑都挤不到一个。'但平时也就那么回事，冷清清，没啥动静。

"你想想，"柯根说，"那人没理由唬我，是吧。再仔细想想。场子几点关门，半夜？"

"大概十一点半。我猜。"司机答。

"这就对了，"柯根说，"他们去的时候灯都亮着。戈登说：'那儿生意好，一直全满，也不做别的买卖，'要真是那俩小子，就在那天晚上，就在那房间，不差半点闯进来，连身上的钱都搜罗走。门还是开着的。就这么凑巧？"

"自个儿不当心，"司机说，"查特曼自己承认的。有窗不开，偏偏开门，说是散烟味。他这么说的。"

"好一个查特曼，"柯根说，"开场子的人可不会这么毛糙，他该注意着点。"

"闯进来的时候他在卫生间。"

温柔的杀戮

"管他在哪，"柯根道，"总之不是啥正经事，况且俩小子知道他没在留心，不光知道他没留心，还知道他藏哪。"

"对头。"

"这么一来，"柯根说，"不管是查特曼自己干的，还是有人害他，都不重要了。"

"不重要？"

"对查特曼来说，不重要了，"柯根答，"咱就从他下手，逮着他后面就好办了。"

"先等等。"

"要等的话，一周都可以。"柯根有些不耐烦。

"动手之前，先得和上头报备一下。不管怎样都得报备。"

"报备，"柯根顿了顿，"要做的事多着呢。你就说我得和查特曼本人谈谈，看他怎么回。"

"他不会反对的。"

"好好问问他，"柯根道，"看出来了，除了嘴皮子功夫，其他你也做不了。"

"我现在就告诉你，"司机说，"光凭自己猜，说什么上头都不会答应，他就怕事情越搞越糟。"

"我知道。"柯根说。

"之前教训一家伙，本来没事的，结果出了篓子，"司机道，"身体好点之后，那家伙立马去了联邦调查局，撒谎跟不要钱似的。后来腿软了，大陪审团在，不敢了。花了我们不少钱，真的。现在这事，上头说什么都不会让大伙做过头。谁去，你？”

“去做什么？”柯根问。

“谈啊，跟查特曼谈谈。”

“这个，”柯根说，“我去行是行，但和狄龙商量后，还是觉得不要。要是马克这会对我还没什么兴趣，情形会比较有利。”

“上头得知道。”

“对，”柯根说，“你就跟他说，我和狄龙商量过，让卡普里奥兄弟俩去。”

“狄龙知道他俩的底细？”司机问，“他用过？”

“狄龙知道，”柯根答，“我也清楚。巴力和我在黄蜂号航母上服过役，脑子一般，但人嘛，轻量级的冠军，谁想拿都得过他这一关。史蒂夫没问题。两人办事靠谱。”

“我是说真的。”

“呵，知道，”柯根说，“你们这帮人不含糊，的确不能含糊，了解。我虽来得不多，但聊的人多，是风是雨都清楚。行了，咱怎么联系？你打给我？”

“这么着，我先跟上头通通气，看看怎么说，然后我再联系狄龙。”

“行，”柯根道，“也就是说，你觉得狄龙可以办事。”

“不是这意思，你说过他还不行。”

温柔的杀戮

"是他自己说的，"柯根纠正道，"要不今天也不会是你来跟我谈了。"

"对头。"

"我也是这意思，"柯根说，"想让狄龙出面，你打给他；想让我出面……"

"我打给你。"司机打断道。

"我打给你，"柯根再一次纠正，"我都在外头。有情况找你。"

第六章

　　史蒂夫和巴力一起等在碧客芙咖啡馆的门道上。穿过波尔斯顿大街，对面就是龙虾仁餐馆。"跟你说，"巴力开口道，"把他认出来都难。"

　　"杰基说人瘦了，"史蒂夫应道，"可能还戴着假发。现在倒会穿衣服，以前也就那怂样。"

　　"指不定从哪捞钱了吧。"

　　"应该不是，"史蒂夫解释道，"杰基不那么想。照他话说，一下子变得大手大脚，'多半是离婚官司打赢了'。那家伙，以前可是铁公鸡啊。"

　　"操，"巴力啐了一声，"可不是！就他那追妞的抠门样！他结过几次婚，九次？"

　　"狄龙说三次，他去过。哎，狄龙看上去不太好啊。"

　　"他没事，"巴力面露不屑，"这老混蛋，死难缠，要他这条命不容易。你见过他那双眼吗？"

　　"没特别去看。"

　　"那双眼，我还没见过重样的，"巴力说道，"之前都没见过。

直到第一次碰见他，我就想：他该快了吧。但人家活到现在，眼神一直这样。看上去是不太好，等死呢。"

"谁不在等死，查特曼也得死。"

"必须的，"巴力说，"但不是今晚上，对吧，史蒂夫？"

"内部消息不知道，我只是出来干活。"

"别介，"巴力说，"我可不是为这来的。你得告诉我，晚上查特曼不会死。"

"咱不用做那么绝。"

"我可以。"

"他没给自己祷告，"史蒂夫说，"这我就没办法了。反正咱用不着取他性命。"

"好吧，"巴力松了口气，"我只想心里有个数。"

"照我说的做，"史蒂夫厉声道，"别乱来。"

"我一向挺待见马克的。"巴力解释道。

"大伙都待见他。你，估计是看上那金发妞了吧。"

"哪个金发妞？"巴力不解。

"噢，少来，"史蒂夫略觉无趣，"就一百一十五号那个，马克养在那的？"

"那是另一个场子。"巴力说。

"他自己抄掉的那家。"

"我们算走运，"巴力叹道，"他没让我们在场。我可不想搅那

064

趟浑水。"

"哦，得了吧，巴力，你就没一句话经过脑子。"

"怎么了？"巴力有些愠怒，"有人抄牌局！当时在的话，还不得还手！不还手难道眼见着被抢？这事本来就和咱没关系。"

"他干吗不让咱去呀？"

"他人好，好就好在这。明知道有事，不让咱掺和。"

"怎么说你好呢，傻！"史蒂夫骂了一句，"我得跟妈问问去，你铁定是送奶工和她的野种，天底下第一大傻缺，我都替你脸臊知道不？意佬！"

"他是为我们着想。"

"看来你是少个头盔，真的，脑子被打崩了吧你。他为什么不让咱去，你不知道？"

"他人好。"

"他是不想分咱钱，"史蒂夫高声说，"咱又不知道他要搞鬼，去了不就给他麻烦吗？他要这麻烦干吗？他只要钱，一分都舍不得给，这才不让咱俩去。好人？这蹄子就是贱，都他妈混蛋。你这傻子！"

"怎么说我还是待见他。"

"你是待见那金发妞，"史蒂夫不屑道，"得了，巴力。"

"他俩结婚了。"

"杰基可没这么说，狄龙也没有，他俩只是玩玩。"

"妞人不错，我是喜欢她。"

"你是喜欢她大屁股，没别的。"

"屁股是大，但人也不错，那巨奶！人聊得开。"

"是，会聊，"史蒂夫讥笑道，"记得那天晚上穿的粉红长裤？"

"嗯。"

"不，你不记得。但我还真没见过那么大的。"

"妞正点。"

"你可上点儿心。要是哪天我喝多了，告诉金妮她男人一直在外头野。"

"史蒂夫，"巴力猛然怒道，"你知道……"

"我知道，"史蒂夫故作冷静。

巴力急了，"金妮是我这辈子的宝。我知道你常说我傻，我也承认自己傻，但不是全傻。过去的妞都过去了，不算。你爱开玩笑凭你。我不管你是不是我兄弟，听好了，今天晚上我可能回去晚，不管几点，反正很晚，但金妮肯定在家等着我，等我回去一起喝点小酒说两句话。金妮这人，谁要是让她不好过，当然我自个儿也有错，但我话撂在这儿，谁都别想打她主意让她操心，更别提那些没影的事。"

"算了算了，没事唬你玩呢。"

"别拿这事，金妮是神。"

"对，对。"

"我说真的，"巴力强调，"其他人你爱怎么着怎么着，别扯上我俩。"

"老实告诉我，那金发妞你上了没？"

"嗨，"巴力些许无奈，"老实告诉你，她和马克那会是一对。换做是你，别人的老婆你会上？我是不会。"

"杰基说他们不是。"

"杰基他根本不知道。妞可是亲口跟我说的。"

"你问过她？"

"我没问是不是结了婚，没这么问。"

"巴力，"史蒂夫失望道，"这太丢人了。亏你还是我兄弟，怎么能打别的女人的主意？"

"我没有。"巴力极力推脱。

"我肯定和金妮说，到时不打得你满地找牙算你命大。该死的孬种。"

"可那会我和金妮还没结婚呢？"

"巴力，你十二岁就和金妮定下了，你自己不知道？你俩只是没去过教堂。自始至终，甭管金妮说让你干什么，除了说句'是'你其他都不会。"

"我没有。"

"你有。你不去打拳击就是因为金妮担心你那脸。"

"不是，我不打是因为我打不好。"

"六十三公斤级冠军是谁来着？"

"行了行了，那家伙也没撑多久。"

"叫什么，我忘了。"

"比赛那会已经改名了。"

史蒂夫长"哦"了一声，说："记起来了，田纳西的鲍比·沃克，对，就是他。当时你俩打了多久？"

"都老早的事了。"

"哪儿啊。第十二回合，你技术击倒，第十五回合，他还了你一击。还有，提康德罗加巡洋舰上的那个又是谁？"

"你让我想起杰基了。"

"不，是金妮。"史蒂夫纠正了一下。

"你们俩都一副德行，拿我过不去，"巴力说，"打沃克那晚，他那个烂人，看我挂了彩，眼伤着了，就盯着伤处一个劲儿打。"

"以前你不也这样对他？"

"我不服，"巴力说，"操蛋家伙，只顾自个儿输赢，我可是挂彩了！"

"你整个人撞上去不就完了？"

"我撞了，没用。他头拉得太低了。知道我为啥待见马克吗？因为他从没亲眼见过我打架。你们这帮人都见过，没良心的。"

"不光见过，还知道你是小鸡子胆儿，不敢打了，"史蒂夫揶揄道，"这又没事。"

"是我自个儿弱。本来就有强有弱。"

"知道。"

"你不知道！你和杰基都一副德行。我才不会偷人老婆呢。马克又不是我对头。只是他干吗和妞离了？"

"巴力，他俩没结婚，就是待的时间长。你这人也太好对付了。妞这么说是不想理你又怕伤着你。"

"哪儿啊，"巴力想反驳，气势却一下子丢了，"好吧，也难说。反正马克的东西没一样长久的，见一个操一个，操一个娶一个，根本无所谓。但人还过得去。"

"嗯，人是过得去，就妞这事上糟践多了点儿。"

"我还是待见他。"

"我也是。我跟杰基说不想接这活，真不想。马克又不是啥小人。我跟他说：'听着，我和我兄弟给马克跑过腿，下不了手，他待咱不错。'"

"狄龙也在？"

"嗯，脸白得跟床单似的，说话哼哼得跟断了气似的，旁边那老狗都比他强点儿。"

"他和杰基俩，贱！"巴力啐道。

"怎么个贱法？"

"怎么个贱法，"巴力顿了顿，说，"我跟杰基早熟，后来才认识的狄龙。刚开始没给狄龙做事，后来去的时候才知道，杰基根本

　　　　　　　　　温柔的杀戮

不干活。他俩一路人。"

"说这啥意思？"

巴力继续解释："狄龙你熟？"

"嗯。"

"杰基你也熟？"

"嗯。"

"你知道狄龙现在那双眼，病了之后才那样的。"

"看上去不对劲。"

"杰基的眼，也这样，一直都这样。"

"噢。"

"真的，"巴力肯定道，"我说真的。以前比赛的时候给他帮过忙。你不知道，他那身板，一百三十磅都不到，但他什么家伙都不带。这人咋样，还看不出来？"

"嗯。"

"他是小人物，一直都是，那儿有不少厉害角色。你不知道，他这人，没人敢惹，没人，连军官都让着他。凭啥？就凭他那双眼，看上去像被打得不行了，实际上好好的。他的底细也没人清楚，打听不来。现在狄龙也这副吊样，我是信不过。"

"杰基这人没啥！"史蒂夫依然不解。

"他就是贱！"

"看上去不像。对我算不错，问他事也不摆架子。"

"你问什么了？他怎么说？"

"我说马克这人咱还是待见的。杰基就说他也知道，大伙喜欢他，人好。他也提醒过马克说：'你带妞出去，你都不想上人家，你带出去干吗？'结果马克顶了他，说：'老子身体好着呢，再说不先上了她，怎么知道想不想上她？老子就是约了她，妞也答应了，上完后才觉得烂。'我也觉得，"史蒂夫清了清嗓子，"这家伙许是怕自个儿挂掉之前还操不够，就像杰基说的，丫摸过的女人屁股比马桶座碰过的还多。"

"是啊，他就那猴急样。有一回逮着一妞，奶子跟俩水桶似的，进来连外套都没脱就盯上了。我本来还想打电话叫你，镝子还来不及塞，人家就黏妞身上去了，分分钟不耽误。"

"他也不是一天两天了，"史蒂夫说，"从不正经在家过夜，从不！除了头次结婚老实了几天，没多久又变回来了。他那几个老婆也不是吃素的，出来混，帮忙盯梢的肯定不少，整晚不回家哪会不起疑心。老家伙快五十了，你能想到不？现在又离了婚，可劲在外头鬼混。但说归说，老家伙劲道足，不输傻小子。"

"我倒希望他早点儿泻，"巴力瞅了瞅天气，叹道，"这潮天。"

"总会出来的。就跟候着他上门的女人一样，咱就在这等。咱就等在这。他就去泻个火，速战速决。这地界，大半的妞都出来野。马克活好，一堆骚货等着往里钻，操完连他姓啥叫啥都不知道。"

　　　　　　　温柔的杀戮

"为啥？"

"出来泻火，他不讲真名。"

"那讲谁？"巴力好奇。

"谁？咱俩他是知道的，狄龙他也清楚，其他熟或不熟，要不干脆就编几个，看他兴致。没准哪天几个娘儿们嫌自己男人不行，过来找乐子，结果都说和咱上过。"

"他奶奶的！"巴力怒道。

"嗨，你得信他。"

"是，信他，等哪天他操了一骚逼然后说是我，金妮知道了我还有活路吗？八辈子我都洗不清。"

"得了，巴力，没人会说是你。再说了，金妮不是很信你？"

"当然信我，她知道我不会干出这种事。"

"就说嘛！马克也不大可能拿你做挡箭牌。他钓的妞多半不认识你，人家只是出来玩玩。马克准自称是黑手老大哥，各地都要去看的，'进进出出，在城里待得不多'。除了开牌局那几天，其他时间到处走，丹佛斯，劳伦斯，一到地方就用假名字钓妞。他这人，拎出一大卷钞票，全是五十美金的纸币，厚厚的一沓。钓着妞就跟人家说：'我有人跟着，住宾馆不方便，还要签名。要不，咱去你那？'妞肯定没地方啊，就算有也会说没有，家里老头小孩都在呢，再说也不能让他知道自己住哪，最后只好自个儿掏钱开了房。狄龙跟我说过：'马克不会带妞去自己那地儿，那儿连臭虫都没有。

虫都嫌那儿脏。'但人家有金戒指，有凯迪拉克，加上那张嘴骗死人不偿命，妞一个个自己送来。加起来，他的功德估计比上帝还多。"

"你说丹佛斯干吗？"

"他去过，那儿有个酒吧他待过。长滩他也去，地方多着呢。"

"金妮她妈住丹佛斯。"

"他跟金妮妈有一腿？这我想不会吧。不过要问的话我帮你问。"

"等着，总有一天老子得给你点儿颜色瞧瞧！"

查特曼此时出现在龙虾仁餐馆门口。他一身灰鼠色双排扣大衣，右手揽住一个四十出头的深发女子，左手指引着朝马路牙子走去。身穿风帽衫的侍应生将米褐色凯迪拉克停在路边，随即下车。查特曼打开客座车门，等女子进去后再关上，绕过车头，递给侍应生一张折叠的纸币。侍应生面无表情地说了声谢谢。查特曼上了车。

兄弟俩随即钻进史蒂夫的福特车。这车是蓝色金属硬顶的，并覆有黑色乙烯基膜。两人带上车门。

马克的跑车向东驶上波尔斯顿大街，依次路过赫里福、格劳特、凡菲和埃塞特交叉口，一路绿灯。右后方三个车身开外，史蒂夫的福特车紧紧跟随，在后两个叉口遇黄灯急驰而过。

"这车不错啊！"巴力夸道。

"你丫的，能别再吊儿郎当混了吗？整天说别人有啥有啥，你倒是也豁出去闯啊，有本事自己赚啊！"

"他妈的，上个月整个牙就花了老子两百五。我他妈兜里一有钱就来事。"

跑车在达特茅斯路口遇红灯停下来。

"大概我是老了，"史蒂夫叹道，"几个朋友的牙都松了。上次杰基说他老婆也为这发愁，要做什么来着，根管治疗。他说：'这就得敲我九百，还不如直接破产算了。'我还头次听说这么贵。"

绿灯亮起，跑车继续往前，车上的女子往查特曼身上靠了靠。

"他在跟妞说接下来咋办。"史蒂夫说。

"真正害我出血的是缅因那次，"巴力说，"你知道那混蛋讹了我多少？五百一天外加花销，统共得有三千九，还不算之前给他的一千。"

跑车在克莱伦登和伯克利叉口绿灯通过，福特车遇黄灯急行。

"那是你蠢，"史蒂夫说，"天底下没人会像你那样办事，他做得够好了，没怨你就算不错了。要换做其他人，你还脱得了身？"

跑车在阿灵顿叉口遇红灯停下来。

"我也不是说迈克不好，就是太贵。"

绿灯亮起，史蒂夫随跑车右拐进入阿灵顿街。一个身穿浅灰色柴菲大衣的男子，手拿公文包，大跨步从福特车前穿过，赶上前面身披红缎浅紫斗篷、脚穿厚底鞋的白发男子。史蒂夫驶上右车道，追上跑车。

"看来是去公使饭店，想必这次要挑家便宜的，自己掏钱，"说完，史蒂夫转回刚才的话题，"不，我是说，算了，一个意思。你就一直在乱搞，知道不？出去不管做什么，总归要有目的。你啥时见我和杰基去干这种傻事，还跑到缅因追着人家屁股跑，好歹也别挑他们一家子待着的时候。"

"你不知道，他不给钱。他把布鲁姆的拿走了，也不还。布鲁姆只好问缅因那家伙拿钱。总不能这样便宜人家吧？"

跑车在希尔顿饭店前转左车道，接着左拐。

"哦哦，不去公使饭店，去台兰饭店。那女的有钱啊，"史蒂夫叹道，接着又回头跟巴力说，"布鲁姆是拿到了，你呢，他给了你多少？"

"六百。那会等钱用，金妮肺炎，又是我头次拿钱。"

"六百？这么说，你只是亏了三四千块钱。迈克欠你的，布鲁姆帮还了吗？"

"没。"

跑车开进台兰饭店的车库。

"没？你问他要了吗？"

"没。"

"我就知道，"史蒂夫啐道。他把车停在半个街区开外，熄掉火，接着说："你看看，别说差点进了牢，你亏的这笔钱已经够买我这车了。知道啥意思？你小子，趁早收拾了跟我干正经活，要不然错了路，啥也捞不到，后半辈子等着哭去吧。"

"呵呵，跟我说了这么多，那我问你：你说你自个儿赚了多少多少，那现在干吗还出来打？"

"不是钱。你知道我身上带了多少，就现在，带了多少？"史蒂夫在位置上挪动了一下，掏出钱包。

"不知道。"

史蒂夫叹了一口气，说："整整两千一。还有，买这车我没借一分钱，前几天还把账寄给了丽塔。我用得着为钱？我是还个人情。杰基现在有事，我去；我以前有事，他照样来……"

"杰基不出来当打手。"

"是，他不打。但不是说他闲着。天底下除了打来打去，其他要紧的多得是。你知道些啥？你就知道什么来钱快做什么，你脑子有想过以后的事？跟你说，杰基原先在九号路那地儿有几台机子，后来全放给我了。其实不必一定得给我的。"

"是他自个儿管不了了。"

"是，他管不了。但不一定得给我，也用不着跟大伙说：'我把机子放给史蒂夫，他行。'可人家就给我了。所以他要是找我帮个忙，顺便又能给自己兄弟挣个外快，干吗不去？"

"这钱得赚。"巴力说着，点了一根温切斯特小号雪茄。

"干吗抽这玩意儿？"

"这玩意儿不会让我早死。"

史蒂夫点了一支利美，问："你吸进去吗？"

"有时忘了会吞一口，我是说有时。跟吞了火似的。"

"嗯，别告诉我里头还藏了货？"

"操，咱俩抽烟多久了？"

"十二岁开始的。"

"我十一岁那会还是个不经事的毛头小子，现在还是，跟着你屁股后头转。这烟都抽了快三十年，现在戒也没多大意思。抽欧米茄那会金妮也说我，神神叨叨。"

"还有幕间雪茄，我一直没搞清楚，抽的时候觉得这味道和其他一样，可要是别人在抽，那味道，简直跟烤猫肉似的。"

巴力应和了一声，说："香烟这东西，我有一年不抽了，除了在缅因那会。跟你说，在缅因的时候，我三天抽了二十包好彩，其他时候就抽雪茄。其实雪茄也谈不上舒服。本以为换个口味好一点，但想想，后头一帮人追你、要把你踢出去，就算戒了烟又能咋样。金妮也要我戒，我偏偏不戒，最多我饭吃饱点。要是哪天香烟雪茄都不卖了，那还可以考虑。"

"做梦吧。你看，有几个能像你那样来来去去的，嗯？也就俩。政府不会下手的，当初查酒不也这样，还要征税？可你知道杰基和我缴了多少税？别说不上税就不让卖东西？实话跟你说，我缴了三分之一，骗骗他们，让他们不那么好查，要不然三岁小孩都看得出来。想查到底，谁有那闲工夫。所以说，我们在做，其他人也在做，上头就算知道也睁一眼闭一眼，拿咱没办法。"

"操蛋！老家伙要多久？"巴力没有接话，转而骂起马克。

"就等他一会，脱裤子还要时间呢。我跟杰基说：'敢情人家在里面打桩，咱哥俩在外头守夜？'杰基说不会的，马克不会待太久，操完就回家，最迟不过一点。"

"咱俩对他也够意思了，还等他打完炮。估计炮打得越多，他身板越有劲。"

"人家可会算计着呢。"

"千算万算算不到今儿晚上。"

"难说，总有失算的时候，就拿那儿的妞来说，他还算得不够，结婚的没一个。牌局的事也一样。往常脑子清楚的时候都弄得挺好，大伙都招呼着乐，人也不张扬，赢钱也会看人脸面，不多赢，更不会让人家掏个精光，过后也不乱说。但有时想想，不管是谁他都好像捞过一笔，就这有点不爽。"

说着，台兰饭店的车库出口出现了跑车的身影，史蒂夫随即启动车子。跑车开了一小段距离后进入霓蓝街，继续往西边驶去；史蒂夫则在进入霓蓝街后往反方向开。后视镜中，跑车的尾灯隐没在公园广场上。

"你肯定他要回家？"巴力问。

"当然，这贱货，竟然上收费高速。"

史蒂夫将车保持在中间车道，时速六十五迈以下，七分钟不到就从奥斯登出口下了高速。把零钱扔进关卡收费篮后，史蒂夫右转进入剑桥大街。十一点五十分，在布兰登社区雪遁街一个消防栓旁，史蒂夫熄火停了下来。

"到了，左手边第三间，砌砖的。"

"黄色雪佛兰那家？"巴力问。

"隔壁。"

"没私车道？"

"没，贱货，车都停路上。"

零点过九分时，凯迪拉克缓缓驶过福特车。兄弟俩在座位上猫下去。

快二十分时，跑车又一次经过福特车，史蒂夫按捺不住说："要再来就给他让位置。"

三十五分，查特曼出现在雪遁街同一侧边，从后方朝福特车走来。就在他快要接近后保险杠时，史蒂夫下指令道："走。"

两人迅速下车。巴力呵道："站住！"

查特曼即时收住脚步，惊诧地皱起眉头，问道："你们，你们……"

史蒂夫拿枪对准查特曼。这是一把史密斯－韦森三八口径首长特制，枪管长两英寸。史蒂夫命令道："上车，马克。"

查特曼忙辩解道："你们……我身上没钱，没钱，真的，我……

我啥都没带。"

"他妈的上车!"巴力吼道,走上前拽住查特曼的右手肘,查特曼反抗了一下,没有用力。"上车!"巴力厉声道,"你他妈给我上车。马克,今儿晚上你上也是上,不上也得上,识相点儿,上。"

查特曼只好挪步上前,两眼盯着史蒂夫。史蒂夫依然稳稳地举着枪。查特曼说:"史蒂夫,你看,我又没犯事。"

史蒂夫对巴力说:"带上车,你和他坐后面。"

巴力推了查特曼一把。查特曼继续说:"真的,我真没犯事。"

巴力说:"有没犯事不知道,反正咱有的是时间聊聊。你就乖乖给我上车。"

等查特曼弯腰钻进后座,史蒂夫一个闪身进了驾驶位,带上门,转身拿枪对准查特曼。然后巴力上车,从后面将客座门拉上,接过史蒂夫递来的枪。查特曼有些泄了气,问道:"你们干吗?"

史蒂夫启动车子。

"我,我是什么人,你们不知道?"查特曼开始威胁,"敢动我,黑道白道上我都有人,一个电话就能整死你。你……你们也不想想?"

"兴许你早就动手了,"巴力说,"动了手脚,才把你叫来。"

"没有,哪会有!"

"没有就更好,还吵什么。"史蒂夫说。

巴力应和道:"就是,没啥好担心的。"

车子右转进入联邦大道，接着左转驶入栗山大道，从左侧支路拐进圣汤姆斯·莫尔路，再往右进入灯塔街。

查特曼继续道："你们都知道我，干吗非得这样？史蒂夫，你不是过得不错吗？你还做这干啥？"

"有个人，想让我跟你谈谈，"史蒂夫应道，"我说行，找你谈谈。就是谈谈，马克？以前你不也让我哥俩干这个？"

"就是嘛，"查特曼接道，"所以你们这是……我不明白啊。"

"咋不明白，"史蒂夫答，"一样道理，只不过以前是你指派，今天换了别人。"

史蒂夫左转驶入汉蒙街，再右拐进入九号公路栗山购物中心停车场，把车停在诗登百货的暗处。史蒂夫下了车，顺手解下驾驶座的靠背锁。

查特曼看了看巴力，巴力指着枪喝道："下去！"

查特曼忙说："兄弟，算求你们了，咱好好说，行不？"

史蒂夫呵了一声："马克，快点。"

"我真没犯什么事……"

巴力猛然把枪戳到查特曼脸上，说："马克，你犯的事比这大多了，你知道不？这会只是谈谈，我们也不想动手。你也别使性子，容易得罪人。"

查特曼还在死扛，史蒂夫伸手揪住他左肩的衣服往外拉。查特曼的上半身被强拧向车外。史蒂夫怒了："马克，识相点。不听话，后果咋样你心里清楚，别给我俩添麻烦。巴力和我只是拿钱做事，找你谈，你就好好谈，完事。除非你不想谈，那就别怪哥俩不客气。行了，趁我脾气还好，下车。"

查特曼只得探出身子下了车。巴力也紧接着下来，站在他身后，把枪递给史蒂夫。

查特曼靠着车，两手紧紧贴在两侧，望着史蒂夫说道："兄弟，不是我干的，我不知道。要真是我自己干的，那我何必呢？不是我，真的，兄弟，你得信我一次。"

"到后面去。"史蒂夫呵道。

查特曼摊了摊两手。

"快点儿，贱货，"史蒂夫吼道，"别逼我开枪!"

查特曼挪到左后挡板旁，两胳膊死死夹住身子。三英尺外的史蒂夫仍然紧紧指着枪，巴力已经走过来，绕到他的右方。

"对天发誓，史蒂夫，"查特曼高声道，"说一句谎我老娘长瘤子。这事不是我干的，我对天发誓。史蒂夫，你就跟人家说不是我。如今这情况我也知道，可上帝担保不是我干的。"

"他说不是他干的，是你要问的事儿？"巴力问史蒂夫道。

"嗯。"史蒂夫答。

"正巧我们也想和你谈谈这事儿。"巴力对查特曼说。

史蒂夫点头道："这事儿，跟你没关系？"

"史蒂夫……"查特曼刚想说，被史蒂夫打断了话，"马克，什么事儿来着？"

"史蒂夫，"查特曼重新开始，声腔都破了，"史蒂夫，我什么时候瞒过你们，嗯？从来没有，是不是？"

"行了没？"巴力问。

史蒂夫嗯了一声。

巴力两个箭步扑上前去，握紧右拳一个投垒击中查特曼。查特曼本能地抽手护住脸。巴力紧接着一记上勾打在腹股沟，查特曼原本后倾的身体瞬时反弹回来，两手垂落下来，露出咧开的嘴。他两眼直瞪，呼吸急促，双手抵在腹股沟上，半折着身子不住地呻吟。

巴力后退小半步，接着突然左脚上前，右膝盖狠狠撞向查特曼的嘴，发出几声断裂的脆响。查特曼的头顺势仰起，半折的身体慢慢向左边耷拉下去。

巴力拽起查特曼衣服上的商标，把他拉起来贴在车上。查特曼低头啜泣着，从嘴里吐出一团带血丝的黏物，再闭着眼抬起头，鼻子和嘴巴已是血肉模糊，衣服上也沾了不少浊物。

"你说你没干的那事儿，到底是什么事儿，嗯？马克，"史蒂夫问。

查特曼摇了摇头，伸出舌头探了探，再缩回去舔了舔嘴唇，低头往行人道上吐了一口带血丝的痰。

"他不说。"巴力道。

"嘴硬啊，果真是家里没留念想的。"史蒂夫道。

　　　　　　温柔的杀戮

"要不再来两拳，探个底？"

"也行。"

"不要!"查特曼惊恐道，声音如此尖利，听上去像是发出"嫯"的一声。

"你闭嘴，操他妈的，"巴力怒吼了一声，朝查特曼腹部重重两击。第一拳打得查特曼弓缩起背，第二拳让他一阵反胃，吓得兄弟俩马上后退。查特曼一下子跪倒在行人道，嘴里涌出还未消化完的牛排沙拉和大摊的血，接着扑倒身子，头歪在右边，扑哧扑哧喘着粗气。

"咋样，你觉得？"巴力问史蒂夫，"差不多了吧？"

"再等等，等他吐完。"

查特曼闭着眼，血污继续从他嘴角冒出来，流过脸颊滴到地上。

"现在再试一次。"史蒂夫说道。

巴力走上前，抓住查特曼的后领把他提起来，贴在车边。查特曼的脑袋奄在左侧，眼睛仍然闭着。

"那俩小子是谁？"史蒂夫问。

查特曼一阵犯呕，血从嘴巴、鼻子那里流出来。他举起虚弱的右手，指尖在脸上轻轻碰了一下，接着摇了摇头。

"听不到，"史蒂夫说，"谁？"

查特曼探了探嘴巴周围的血污，叹了口气，眼泪扑簌一下从闭

084

着的眼睛里流下来。他无力地摇着头，努力哼出几个字："我……他们……我不……"

"还说自己不知道。"巴力说。

"呵，你觉得呢？"史蒂夫问。

"真不知道？"

"操，要不真不是他干的？"

"也不一定，人这东西难说。"

"嗯，"史蒂夫应道，"以前听说过一人，打死都说自己和谁不认识，结果呢？熟透了。"

"再问。"

"行。"史蒂夫说。

查特曼提高了嗓门，呻吟声从血糊的嘴唇里飘出来。

"换个地方，"史蒂夫说，"别弄脏了衣服。"

查特曼右侧着头继续呻吟。当他睁眼看的时候，巴力正冲上前，抡起右拳挥过前胸收到左肩。查特曼即时闭了眼，整个人抽搐着往左蜷缩起来。巴力接着一记回抽，掌骨底猛击在下颌骨右髁突的位置。一声骨裂，查特曼的头瞬时甩向左侧，身子向左上方一蹿，耷拉下来，后脑勺撞在左后挡泥板上。摔倒在地的时候，查特曼依在自己左侧，仰着脸，眼皮颤巍巍地睁开，然后缓缓闭上，喉咙里吞咽下一股液体。

史蒂夫走上前，弯下腰轻声问道："马克，你确定？"

查特曼呻吟着，在地上动了动脑袋。

"那小子，我们是问那俩小子，你确定不知道？确定？"

查特曼又动了动脑袋。

"我必须得搞清楚，知道不？搞清楚就完事。我和巴力陪了你一晚上，就为了这个。我好过吗？不好过，马克，你也不好过。"

突然间，查特曼再次吐了出来，血污溅到了史蒂夫的鞋和宽裤脚。

"丫的混蛋，"史蒂夫啐了一声，向后退了退，接着急步踢向查特曼的左下胸腔，肋骨一声脆响，脚却没有收回，往查特曼衣服下摆擦了擦。查特曼大呕了几声。"贱货!"史蒂夫骂道，向后退了几步。

"咋样？"巴力问。

"上车，"史蒂夫答，"够了，把人留下，走吧。"

福特车启动，红色的尾灯笼罩在查特曼周围，逐渐淡去，只剩下漆黑的团雾，不时地响起几声喘息与低吟，最后响声也不见了，查特曼昏死在一片寂静之中。

福特车穿过停车场，从汉蒙水池景区出口离开。上了九号公路，往东行驶，巴力说："手弄伤了，总是这样。"

"亲一个就好了，没事，"史蒂夫答道，"他妈的柯根，非得让他赔我件衣服。"

"这车该不该洗？"

"我会去洗的，防着点儿。待会你先下车，枪也带回去，行不？沃特敦有个夜场，我去瞧瞧。"

"然后呢，然后你去哪？"

"关你啥事儿，你也想来？"

"现在回去睡不着，总得先静一静。"

"跟金妮说一声，啤酒不要了。唉，她给你热牛奶吗？"史蒂夫揶揄道。

"切，"巴力不屑道，"我问你，你怎么想的？他到底知不知道？"

"谁还想他？贱货！"

"好吧，我是说，打得还蛮重的。"

"可能吧，他估计知道。"

"要是知道的话，那嘴倒真是硬。"

"不嘴硬不行啊，"史蒂夫说，"要是不嘴硬，更惨。他一定知道。"

第七章

　　一辆墨绿色 GTO 敞篷车在阿马托驾校门前停下来，弗兰基从驾驶座下了车。他身着灰色双面针织便装，里头一件奶白色高领毛衣，下身的棕色灯芯绒喇叭裤盖住了牛仔高筒靴。上了锁后，弗兰基径直走进大门。

　　"哟，"阿马托惊叹一声，"档次算不上，人倒精神多了，尤其发型。就那发胶喷多了点儿。"

　　"谁喷那东西！"弗兰基不屑道，"又不是基佬。这抹的发蜡，剃头的给我的。"

　　"下次别找他剃。对了，看你还弄了新车？"

　　"老子对公车稀罕不起来。"

　　"多少？"

　　"一千八，税后。还算是新。"

　　"小子，看起来不错嘛。"

　　"是好多了，"弗兰基说道，"昨晚出去钓了一妞回来，有房住，有车接。驾照？我跟缓刑处的人吵了一架，他不懂，我这么快就要驾照干吗？回姊妹家拿东西时，特地找她男人商量：'别人问起来，就说是你借我的钱，行不？'迪安这家伙好搞定，愣了一会就说：'别的我也不问，就当你碰上狗屎运，一夜暴富。'呵呵，这话我爱听。去缓刑处，那人还看了看我，夸我衣服不错。我说：'得了，上次来你睁眼不瞧我，当我是要饭的一样，还以为要把我赶出去呢，操。今儿个我是硬逼家里掏了钱，给自己打扮打扮，免得说我是鸡窝里出来的。怎么着，这会你又嫌我？'哈哈，心里那叫一个爽。"

"你现在住哪？"

"诺伍德，一个单间，里面家具什么的都齐全。在一号路那边，外头是吵了点，好在里面听不到。"

"住那么远干吗？像你这种，怎么不在市里找找？"

"这个嘛，"弗兰基说道，"那儿便宜，再说城里认识的人太多。就拿桑迪她男人来说，要是我在城里租个房子，他还不天天跑过来鬼混，桑迪不骂我才怪。所以我寻思着，住远点，麻烦也少点。你还别说，缓刑处那人听了也怪我，说：'好好的去诺伍德干吗？'我就告诉他，一朋友在那介绍了工作，帮房东看房，租金可以减，还能揽其他的活做做，不是挺好？"

"那帮人要查的，去哪干啥都得查。"

"要查就问他，反正我怎么说，他也怎么答——西黎公寓维修工程师。"

"就一看门的。"

"对，看门的。"

"工钱呢？"

"工钱，"弗兰基说，"一周五六十吧。我来钱没那么快。就跟那人说自己刚从牢里出来。不一会大老板就来了，一个犹太胖子，最后是他定的价。"

"你们大老板没钱交税呢？"

"呵呵，要不就是养了个妞，管他呢。"

"那，"阿马托转口问道，"接下来想干吗？"

"对了，这次来正想跟你说个事儿，"弗兰基清了清嗓子，"跟你商量商量。是这样，这两天我心里有个主意，找拉塞尔嘛他说自己有事，一下弄得没着没落的，不能出手，再说之前那事还没消停。不过，听说那帮人下手了，我就过来瞧瞧。"

"他们逮着查特曼，好好教训了一顿。"

"对，这下没咱什么事了，"弗兰基松了一口气，说，"那接下来，你还有啥想法？"

"没想法，"阿马托答道，"真的，说没有真没有，你应该懂我意思。现在这日子，天一亮去趟广场，看看报纸见见熟人听些消息。进牢前这样，出来后还这样，习惯了，跟老头子似的，大清早围着吧台，喝杯咖啡、茴香酒，我呢，只是看报，酒倒不喝。最多就一件事，周五的时候，布利克公司会给阿姆斯壮厂押钱，我就在旁边看。那会儿几岁？十五吧，还在上学，就开始留心。那会上学就喜欢斗狗，怎么刺激怎么玩。"

"哦。"弗兰基应了一声。

"就这样。你要问我，我只能说不知道，想都懒得想，离开六宝骰，就都不想了。"

"我个人还是觉得，谁要想过比利鱼庄，不先扳倒几个大块头是不可能的。再说巷子实在窄，我敢打赌，最多三英尺。"

"你又去过？"

"嗯，昨天，不，前天晚上，"弗兰基答道，"听说查特曼出了事就出来了，免得成第二个。但心里不怕，反正结果跟你预计的一样。只是再这么待下去是不行了，以后的事得计划计划。我瞅着别人怎么一而再地被抓呢？开头肯定是干了什么事，得了手，逍遥了一阵，把钱花完了怎么办？再干。再干失了手又进去了。可老子不能那样，老子耗不起了。

"我就想，"弗兰基继续说，"'之前那事约翰算得挺准，这件事，指不定他又说准了。'就这么过去看。去的那天，该是周二吧，盯梢的没人，比那次情况不一样。可我还是觉得不行，约翰，那事儿咱还是碰不了。"

"可能吧，"阿马托叹道，"我也习惯了。地方是有，没路子的时候就琢磨六宝骰或布利克。不瞒你说，我是觉得六宝骰靠谱，那就一煮熟的鸭子，再添点儿火就上手了。当然，布利克那活也不差，这俩地方都有个好处，钱多。咱等着用钱。"

"生意不行？"

"弗兰基，"阿马托拖长了音，无奈道，"我这下快倒喽。不知道咋回事儿。说脑子，我这脑子算好用吧？可你知道上一次赚钱是啥时候？我想过，说了你也不信，一九六二年！六三年连屁都没有，不亏就是万幸了。六宝骰那事搞得我差点儿嗝屁，但为啥要出那主意，为啥叫你去？就为这。"

"这我也想过，都想过。"

"操，弗兰基。你不知道，前阵子一帮人在南岸捅了篓子，都他妈谁啊，六个条子往我门口站，以为他妈的和我有关系。这回，估计也得扯上咱，说不准。"

"让他们扯，"弗兰基说，"我倒觉得，咱上次失手，和马蒂有关。"

"嗯。"

"要不是马蒂那家伙，问是谁的时候就不会说漏嘴了，也就没咱什么事了。"

"对，开头那会博士也没事，后来昏了头吧？"

"管他呢，"弗兰基不屑道，"还有一点，咱人太多。我想过，两个就够了，要两个没去过那地方的去，然后你一人出主意，其他人就别说，别让他知道，这你应该能办到。"

"地方不能太近。"

"谁要近了？我想过，陶顿。你觉得咋样？"

"有点难，"阿马托答，"不能常去。之前去了趟登记处办事，一待就是半天。本来十分钟就能搞定，碰上一堆狗屎，连人话都不会说，耗了我大半天。这算不上抱怨。投票选了个当家的，结果后头跟着一帮混闲差的废物，真他么狗屎运。至少这帮废物还干点活，要是不干活，可不就白养了！要说这帮懒货，没一个人样的，鸟都不鸟你。你只能在那干等，啥也做不了。等到快四点半，那帮大奶妞才晃晃悠悠来了，往那一摊，扛起电话跟小男友可劲腻歪，说晚上怎么在浴缸里搞。五点一到就挂电话，那头估计已经开始放水了。妞冲你喊一句明天再来，没开骂算给你面子。

　　"自己驾校也一样，"阿马托继续说，"没人正经干活。我去趟登记处，前后忙了一天，回来想大伙是不是也都忙着？呵，忙个屁！该闲的闲，该睡的睡，该聊的聊。话说康妮这人，我其实挺信她，她是尽力了，这我看在心里。我回来后见学校还开着，已经算不错了。当然，也仅仅是不错。康妮养的这帮娃子，你得死死盯着才动一下。要是让他们知道你一整天不在，非得疯了不可。真疯起来，还得了？

　　"上个月汇款迟了快一周，支票晚了两周半才寄出去，那头打来电话，'阿马托先生，关于你的订单'，然后告诉我，他换了三个变速器，修了两台发动机，再加三个新轮胎，有个学员连马路牙子都搞不清，算下来八百块钱，催得紧。

　　"我只好又去登记处，那妞正坐那弄指甲油，一边还抱着电话和男友聊。付她薪水的可是我啊。这骚货，下班后的事不能下了班再说吗？没下班就得先把我这事儿办了。妞倒好，直接起来走人，我喊住她说咱办事不能这样，那头等着我汇钱再派清障车呢。结果妞来一句'阿马托先生，我很忙，没时间'，呵，就这样的，我还每礼拜给她一百三十五块。"

"你说的是不是那大屁股的？"弗兰基问道。

"嗯，估计这钱没汇完，妞就要我法庭上见了，法官要是问我，我就怂了，只能说钱是有，可人家小姑娘打电话太忙，没时间帮我汇钱。"

"那妞咋样？"

阿马托没有直说，过了一会才答道："行了，也就那样，总得把事情办了不是。"

"你这家伙，就是不长进，"弗兰基咧嘴笑道，"小时候是不是常拉裤裆里，没个八年十年学不会脱裤子？"

"对头，呵呵。但陶顿那地方，去可以，每天去可不行。驾校总得开，开着总得有人看着。"

"每天？你想跟上次那样，场子开门的时候才进去？"

"难不成你从屋顶闯？"

"对啊，挑个周日晚上，从后墙或什么地方硬闯。去的俩人要知道地方，得先有人去探吧。做张地图什么的就好了。进去后反正都一样，知道怎么进去才重要。"

"那得找个懂警铃的，你那操狗的朋友咋样？"

"我没想找拉塞尔。要是重开的场子，找他倒合适。再说，他和那偷狗的朋友现在出去了，还不知道回不回来，就算回来估计也不去。这家伙想倒腾白粉呢。"

"他手头有货？"

"没细问，大概是可卡因。"

"那要赚大了。"

"要不赚大，"弗兰基冷言道，"要不把自己赔进去，再坐个二十年。这买卖可不是闹着玩，地方上货不多，上头到处查，派的都是缉毒警。条子在波塔基特的一个车站查了六万剂冰毒，一帮小子生猛得很，十个人就敢围上去，全抢了。条子一下怒了你知道吗，对拿枪的黑鬼都没这么凶过。拉塞尔是有种，也没问过我要不要一起做，那偷狗的朋友估计也不去，就他一人。这种买卖可不是一人单挑的活。我是在想，迪安可不可以？就我姊妹家那位，以前当兵时是电子方面的专家，现在还一直鼓捣这些玩意儿。"

"他懂警铃？没记错的话，他不是在加油站干活吗？"

"对，但人家用工具箱造了四声道音响，就在厨房，想不到吧？上次看见我车，跟我说：'要是能弄点儿闲钱，必须也搞一辆。'这家伙连彩电都自己弄。这些东西，其实都一个道理，电路电线啥的，他没问题。"

"你说他能答应？"阿马托有点疑虑。

"得先问问。这回来是想听听你看法。我这人干活倒可以，计划就没能耐了。你呢，会算计，小地方也看得仔细，可以帮忙指点。这么着就先来看你了。迪安嘛，应该没问题。"

"他以前干过？"

"可能给买了车的人帮过忙，还跟我说过，说我要是修个车什么的，他可以搭把手，零件不用我掏钱。这家伙现在缺钱用。"

"一定得去陶顿？"

"操，当然不是，我随便说说。一来附近留心咱的人多了，二来我一时也想不出好地方。要找咱就找方便进的，比如那几个塑料棚里新开的场子，钱多少也有点儿。反正差不多类似的地方，只要能藏得住就行。"

"前几天带康妮去看电影，在布罗克顿一个大卖场里，名字忘了，反正有这么个地方。"

"行，不管是哪，你先看着，我也去溜达溜达。要是好的话，正经计划。"

"成，成，越说越有兴致了，跟上次一样，有些事一眼就看得出来有没有谱，你说妙不妙。"

第八章

　　剑桥区柯荣公园，银色风暴车正停在旁边的地铁停车场。柯根坐在车里，开口骂道："他就一白痴。那怂样还好意思说自己会赌？笑话。他那不叫赌，见啥押啥能叫赌？真是开玩笑。"

　　"我倒喜欢偶尔去跑场看看，就我自己，"司机说，"这几年林肯跑场的开赛，我从没落下过。"

　　"我也是，"柯根应道，"现在还去，但每次去都输。"

　　"我倒不怎么输，当然本身买的不多。碰上过一次，一下午赢了三四百。输的话一般不过二三十，图个开心。"

　　"是图个开心，"柯根赞同道，"赢的还没写的多，玩得高兴就行。我是奔着人去的。空气好，又能见朋友，干嘛不去？输就输吧。"

　　"大胖鼠，"柯根继续说，"大胖鼠不一样，从来不去跑场，牌局也几乎不去。要玩他就玩真的。且不是说有地方、有兴趣、能捞钱就上，都是亏了长久，袋里空得叮当响，没办法了才下手，一下手就得准，能捞到钱。"

　　"有些人就能捞到钱。"

　　　　　　　　　温柔的杀戮

"怎么捞谁不清楚，"柯根不屑道，"有的在押注马上动手脚，赢了；有的在其他马上动手脚，也赢了；有些给马下了一辈子药的，一个、两个，要不三个，也能赢。除非对手对马很熟，他们才输几回。但输归输，小事一桩。不像大胖鼠。他要是输了，起码在电话里唠叨上半天，隔天还会再赌，接着输。用不了多久就能输个精光，然后出来弄钱。想弄钱，不偷不抢是弄不到的。米契你认识？"

"想不起有这个人。米契不认识。"

"我熟，人还不错，算个绅士，你可以考虑考虑。我有次见他一场就砸了一千块钱。认识他那会，我已经跟着狄龙了，他俩以前常待一起，人该有五十多了吧，和狄龙一样没几块钱，但混得还行，大老远从纽约赶过来，看一场砸一千。他这人，这场要是输了，下一场说不定押双倍，还输。算下来，亏的也不少，但人家乐意。再说，你要是出去玩，找他就对了。要是输光了，他就回家，用不着为他担心，没个一年半载他是不会再出来的。

"去年我在佛罗里达待了一阵子，在海亚里过冬，今年预备再去。那会米契也在，去处理兰奇的事。我们在跑场碰见，顺便聊了聊。他跟我开玩笑说：'跑场得再找个替死鬼了，我已经没得输了，要是我走了跑场估计都得关门。'其实跑场上的人他都熟，跑马的、遛马的，都熟，那帮人也会帮衬帮衬，连米契自己都说：'人家在说，我就在听，听完按照他们的意思押注，可回回都输。现在算是明白了，我就不能碰赌。这会还有几个注剩下的，你都拿去吧，我要是哪天长了瘤子，给我打电话，我分你一块。你这傻帽，指不定也要。'我就拿了他的注，结果也输了。完了之后天也黑了，跟他出去逛了逛。他心里还过不去？过不去就不是米契了，他这人想得开，还跟我说：'我输钱又不是一天两天了，出来玩谁还计较那几块钱？'

"但大胖鼠不一样，"柯根继续道，"想不开，输不起，一输就容易上火来劲，人跟拧了发条似的坐不住，一心想着怎么来钱。你知道他都做了啥？在牢里那会，是他老婆帮他在外面赌，我都听说了，就棕熊队的表演赛。奥尔伤了膝盖，还让奇弗斯离场了，没人拦他。大家都随便打打，没人在乎那种比赛，散漫得很，但他还是下注了。其实他自己的生意还算红火，我问过狄龙，狄龙说他一年至少能赚两三万，学车的娃子多得是。但两三万对他来说不算什么，他就一烧钱的主。"

"三万是过不了，"司机说。

"得了，兄弟，"柯根叹道，"你给他一千万都嫌少。他是有多少输多少。"

"嗯，要是他没在牌局上输就好了。"

"他没输，他是赢了，去了两次赢了两次。但凡有脑子的肯定会再去。地方上只有他一人了解点情况。牌局上都是大人物，他倒不怕，每次都赢个千把来块，当然，这点儿钱搁他那连油费都不够。

"我有个朋友说，阿马托单单上一周赌球就花了八千，那分差硬是没猜准。我朋友倒看得上他，说：'输了钱，他不会怪自己押错，而是说本不该来，这东西靠的是运气，他的差了点。这家伙，一输钱就整宿睡不着，别人劝他也不行。'之前他还在牢里，现在也才刚出来。"

"他犯了什么事？"司机问。

"抢银行，还能有什么事？同一间银行抢了两次，头一次得了手，但沾了不少麻烦事，不得已第二次再来。头一回叫了一帮没脑子的废物，自己先躲出去，躲到巴哈马。那帮人拿了他的车、枪就去抢了。一群傻叉，放着六万不拿，只弄了三万不到。大胖鼠回来后只拿了五千，人太多，不够分。不过他不躲出去还好，一躲出去更糟，在巴哈马赌场输了差不多七千，赌得不够，还打电话回来让家里找比赛赌，结果找的那几场，连白痴都知道靠不住。

"接着他弄了第二回，仍旧是那几个废物，银行的人还以为他们是常客呢，三分钟完事。你知道博士吗？叫埃迪·马蒂的？"

"知道，"司机答，"听说过。"

"嗯，马蒂就是其中一个。这家伙简直是一粒屎坏了一锅粥，头等的傻，自己没什么主意，全靠大胖鼠牵头。这不抢银行了吗？旁边是学区，你总得小心着点儿吧？他不。一路狂飙开到九十迈，顺利给女协警拦下了。这家伙说停还真停。女协警一没巡逻车，二没枪，你就当自己是开车的，这车也就三天前在普利茅斯被砸了窗，其他翻不出什么案底，你跑就好了，偏偏停下来。问他要驾照和车号，他支支吾吾答不上来，协警就发现不对了，马上八个条子围上来把人控制住，又在后备厢搜出了枪和现金。这下马蒂才想到要保全自己，吧啦吧啦全跟条子说了。那会大胖鼠还在回来的飞机上，一下机，联邦调查局的人就上来出示逮捕令，手铐铐上。一帮人判了十年八年的。我还觉得判轻了。"

"博士几年？"

"三五年吧，他还不服呢，觉得自己招了供，不该判。"

"三五年也可以了。这么说他早就出来了？"司机问道。

"三四年了吧，我想。"

"这次他没掺和？"

"没。"

"确定？"

"确定。"

"上头让我问清楚。"

"你就说有我担保。"柯根说道。

"博士的事，上头一直有想法。"

"真的？"

"真的，让我问你的时候亲口说的。"

"一个人找别个人帮忙，常有的事儿。帮他只是觉得他需要帮，难道还得先查个底细？你们大概是想多了。"

"这我也知道，"司机说，"只是给你提个醒，老实说是上头让我给你提个醒。马蒂帮人干活不是一次两次了，想到他也正常。"

"大伙走的路子都不同。"

"当然。"司机赞同道。

"好了，先不说大胖鼠了，"柯根道，"说说那俩小子吧。有一个帮大胖鼠抢过银行，我查清楚了。另外一个还在看，是不是他还没底。找来打探的人跟我保证是他，但我没把握。"

"怎么回事？"

"打探的那家伙不行。狄龙给了我几个名字让我去问问，但那些人都正儿八经的，问也问不出来。我就自己找了一个。那家伙六十来岁，底细不太清楚，我打赌出来混不超过二十年，办事儿糙，加上现在跟疯子一样，跟他打听也是没办法。我只知道他是基佬，随便什么劳什子都可以干他。要是现在还有帕卡德的车子，估计连车都操。这人还嘴飘，说的话半句真半句假。不是埋汰他，人家就这样，跟条蛇似的。但他说的东西，倒可以琢磨琢磨。"

"他跟你说什么了？"

"说另一个小子，"柯根道，"他熟，在牢里认识的，估计给那小子爽过。老家伙说他就一浑球，但怕黑，碰上比自己强的就怂了。还会黏老头，让老头帮着弄点药，就那种可以和粉混一起用的，老头搞得到，那小子就从他那拿。这东西牙医有，用了之后嘴巴冰凉冰凉的。"

"普鲁卡因？"

"我也以为是这个，但不是。老头跟我说起过，忘了，反正差不多就那东西。那小子之前说要两磅，后来改口要四磅。老头说，要是猜得没错的话，现在小子手里应该多了一倍的粉。"

"也就是说，多了一倍买粉的钱？"

"嗯，"柯根说，"只能这么说，至于钱从哪儿来的就不知道了，还得查，最好把人找出来。现在我连他名字还叫不全。老头的话不能全信，放几个烟雾弹你就听迷糊了，够贱！我还想不出法子搞定他。

"前面说的第一个小子倒是搞定了，"柯根继续说，"他和大胖鼠是同一件案子进去的，差不多同时出来。我一听说就跑去跟坦瓷打听，坦瓷说，八九不离十。那他是定下了。现在要紧的是另一个小子。烦！"

"现在动手，还是再等等？"

"我跟狄龙商量过，现在场子都关了是吧？"

"都死得差不多了。"

"大伙都在亏钱？"

"对。"

"大伙不喜欢亏钱？"

"除了特斯塔，他还开着。"

“既然这样，”柯根道，“我和狄龙有个主意。你听完后仔细想想，也只能这么办。咱先办了查特曼，让大伙重新开起来再说。”

“查特曼？”司机不解，“跟查特曼有什么关系？不是你自己亲口说，这事是阿马托那帮人干的吗？”

“是他们干的，”柯根承认道，“跟查特曼没关系。现在俩小子的事已经打听到了，查特曼也问过了，不是他，我确定。”

“你们这帮人，”司机愠怒道，“你叫的俩兄弟玩得也太过了，差点儿没把人家打死。”

“跟你谈的时候我还不清楚什么情况，后来找史蒂夫，说打得有点过，不知道人咋样了。我就知道这么多。”

“我跟查特曼通过电话，他讲也讲不清楚，”司机说道，“开头是他打过来，我不在，秘书接的，连一半都没听懂。我打回去也听不懂他讲什么。光号码就费了不少劲，秘书硬是没听清楚。我猜了好久才想到是他。后来康洛西打来，应该是被惹到了，说查特曼打给他，他就把我号码给了查特曼。我说了句谢谢，他回我说：‘听着，人不是我派的，要是你也没插手这事，那到底是谁你应该清楚。查特曼就交给你了。’过后我见着查特曼本人，才明白为啥他讲话不清楚，原来下巴打折了。”

“听说了。”

“还有肋骨也折了几根，鼻子，三四颗牙，隔膜，还说脾脏也有伤着。那会还在医院。”

"也听说了一些，现在出院了。"

"那脾脏应该没什么事，但精神头可不太好。"

"很遗憾，我们只是尽力照办。"

"上头听了也会觉得遗憾的。这话我得跟他说。"

"你想说就跟他说，你是他律师。"

"查特曼对上头意见很大，"司机道，"我还没和他说，但咱都清楚，上头没让你下手这么重。"

"这帮人你是知道的，一出去打架就来劲。我听说后就打给史蒂夫，他说是巴力干的。巴力这家伙生猛得很，做钢铁的，平时嗑点药，芝麻大点的事也能打起来，确实猛，我用他就是看上这一点。史蒂夫说本来好好的，不知怎的巴力来劲了。他这人就老婆这坎过不去，把她当神一样供着。结果半路上，他咬定查特曼上了自己老婆。是这样，有一阵他在缅因处理个事儿，老婆就搬过去和岳母住了段时间。绕来绕去，我都绕晕了，史蒂夫也晕了，但巴力咬定是查特曼犯的事儿，肋骨什么的都是他踢的。史蒂夫自己也跟我抱怨，说当时站得太近，查特曼吐了他一裤子。操，见鬼去吧。"

"我就这么跟上头说？"司机问道，"当初上头特意让我跟你说清楚，教训一顿可以，但别过了头，上头不想闹出人命来，我跟你说过。"

"哦，得了，又是你说过。"

"是说过。"

"你们呐，就爱马后炮，"柯根有些泄气，"其他的一概不会，我清楚得很。嘴上说点到为止，其实底下同一个意思。既然人家按你的意思办了，你就乖乖认个好，毕竟是你让人家这么做的。可你们倒好，过河拆桥，说自己不是这个意思。行行好，别那么贱成吗？史蒂夫什么人你们不知道？你们明明知道，他哥俩吃的就这碗饭。操。哥俩在地方上混也不是一天两天了。当初金狐狸那事一出来，史蒂夫也有点急。当时我手里的场子有三百来个，他啥都没有，就开始嚷嚷，我听说后就把四十台机子放给了他。这人脾性咋样，大伙都知道，只管办事，其他的不掺和。大伙也愿意用他。"

"可问题是，上头没让。"

"怎么没让了？我跟你说过要用史蒂夫。上头跟我一样清楚，史蒂夫做事是照着意思办的，他听你嘴上怎么说，就知道你心里怎么想，再按你想的办。他不管你说的那一套。还有，上头叫你打电话给狄龙，又让你来见我，上头明明就知道。你就别给我扯这些没用的。现在要做的是办了查特曼，上头心里有数。"

"不懂，我以为他那一套你相信呢。"

"兄弟，我是信他。但跟信不信没一毛钱关系。当初查特曼是不是犯了事，又放了个烟幕弹把大伙都骗了？"

"嗯。"

"这次他没骗。"

"还被教训了，吃了苦头。"

"但这次咱有把握，"柯根说，"其实上次也有，只是算错了。这次是真有把握。"

"嗯。"

"但问题是，去场子玩的人，他们没把握。他们只知道查特曼有背景，犯了事没人把他怎么样。那教训了不等于没教训？他们还敢来场子玩？咱不说场子里的，"柯根继续道，"就外头的人，他们又怎么想？"

"怎么想？"

"怎么想，查特曼以前犯过一次，撒了谎，没人追究；现在还犯，只讨到一顿打。"

"差点被打死。"

"那是他嘴硬。他已经犯过一次，外头都瞧见了，这是第二次。外头怎么想？头一次能躲过去最好，第二次就算躲不过去，最多也就一顿打。"

"要是他们真这么想的话。"

"律师先生，"柯根正色道，"听我一句：人家就这么想。"

"呃，可说到底不是他干的。"

"那是他自己造的孽，"柯根道，"谁让他犯过事又撒了谎，把大伙弄得团团转？我跟狄龙说过，我说：'上次就应该揍他一顿。'狄龙说自己也这么想。现在牌局又被抄了，大伙自然想到他，不是他自己造的孽还能是谁？大伙咬定了是他。抄一次五万，就算分成

107

也跟上次差不多。没错，他是被打了，钱也不是他独吞，但毕竟人家托他保管的八万块钱，他等于全讹了。就这样他还好好的，大伙可全说是他干的。"

"他没干，这次不是他。"

"外头可不知道。几万块钱呢，不是小数目，多少人宁可把嘴巴用钢丝缝起来喝一年奶昔也不说是自己干的。你瞧好了，一大波人等着场子重开了去抄呢。地方上多少人渣，你有数过吗？要是这回放过他，那咱也别折腾了，散了吧。"

"我还不是太明白。你说别人怎么想，这我知道，外头影响是不好。但我的意思是，上头怎么想？查特曼明明是被冤枉的。"

"你就问他，来牌局玩的都是什么人。是外头那些人吗？不是，是自己人。他们才不管他有没有被打，反正不会再来。犯过一次，现在再犯，这人就玩完了。再说查特曼会点什么？泡妞倒挺在行，其他帮不了咱，咱不亏。

"还有，"柯根继续道，"外头那些人也有想法，那想法真要做出来，大伙的场子都没得安生。他是打得惨了点儿，那又怎样？抄了牌局拿了钱，最多只讨到一顿打。别人见了还不跟着学？拉个帮拉个派，到时个个都出来闹一阵，跟条子似的一家家抄过去，用不着多久就没场子了，一家都活不下去。'你要去场子？算了，自个儿保命要紧。一进屋先举起手，把钱扔床上，你趁早回家，老婆也高兴，还不用担心吃枪子。'这样大伙谁还会去？不办他不行。"

"律师先生，"柯根道，"你就跟上头说，查特曼这人必须得办。你照实跟上头说，上头铁定同意。你去试试，要是上头不答应，行，当我白忙一趟。上头失了算。"

"他失算过，老早就失算过。"

"失算了两回，第二回跟头一回一样，两回。你就这么跟上头说。"

"要是应下来，我是说万一应下来，你能办？"

"能。"柯根肯定道。

"那阿马托怎么办？依我看，都是他牵的头。"

"他都在的，先不急，等办了查特曼再说，那样更方便。反正迟早都得办他。"

"你能行？"

"现在？恐怕不行。不大合适。"

"那谁合适？"司机问道，"上头认识的人是不少，但总得有个名。"

"我手头还有其他事，让谁去还得再想想，没定下来。大概，大概是米契。"

"他也干这个？"

"咱先想想查特曼吧，"柯根说，"过后再看看派谁合适。但你说得对，米契是老手了，算得上人物。"

温柔的杀戮

第九章

　　弗兰基的 GTO 停在剑桥大街盒子鸡速食店门口。他靠在收费器旁，拉塞尔坐在后备厢上，对着车赞叹道："真他妈漂亮！"

　　接着拉塞尔开始说起他贩狗的事，"我俩半夜出的门，那叫一个不爽，我说：'肯尼，天迟早都会亮，咱车上装那么多东西，躲是没地儿躲的。那大半夜的不好好睡觉就出来，何苦呢？'

　　"他回说：'必须得这样，天亮之前咱得赶到新泽西高速。这儿条子太多，都听说过丢狗的事，有个别留心的会把你拦下来查。'但其他地方的条子不知道狗的事，没人告诉他们。肯尼又说了：'这路我以前走过，开头的时候最要紧，咱必须半夜起来。'

　　"这家伙说来还真来，把我搞醒说：'下午有六七个小时可以睡。前面一千六百多英里，上次开了我足足三天。你下午补会觉也好，车里还那么多东西呢。'

　　"那行，我试试吧。大半夜起来，吃饭，傻坐着，再出去溜狗，带回来，喂吃的。肯尼问我是不是晚上喂，我说是，自己出去前放一点马肉啥的，吃得饱也不吵。他就说：'改明儿换中午喂，午饭晚饭狗分不清楚。上车前，咱得让这些畜生通通肠。对了，你还

得给它们喂点东西。'

"我以为他说镇静药，我手里的镇静药放倒半个城都没问题。上车前给狗喂点这东西，一路都睡着，多省心啊。但肯尼说的是矿物油，整整四加仑的矿物油。

"他指给我说：'把油和吃的混一起再喂狗。有番茄汤吗？拿二十罐番茄汤，倒一起热一热，就跟你自己弄吃的一样。'自己吃？没米饭可吃不下，我打趣他说：'牢里常吃的是番茄拌饭，这会儿要不要也加点？'那家伙懵了，真是不懂幽默。也难怪，人家没坐过牢，啥也不知道。"

"他真该坐几年，"弗兰基插话道。

"天底下不用坐牢的有几个，"拉塞尔说，"肯尼接着教我：'番茄汤热了后，把油倒进去，再把混好的东西掺到吃食里。那帮畜生可劲吃啊，不这么弄就吃不了这么多。然后你立马放它们拉屎，保管像挨了热蜡烫似的滚滚流。'

"看着这些狗，我能想到的就是头一次得痢疾的样子。这些畜生从没吃过这玩意儿，也不知道吃了后会怎样，结果我把东西一倒，就跟疯了一样抢着吃。吃完立马放到后院去，没多久，一个个都憋着脸，蹲着开始拉了。那味道，跑到春野城都能听见，热气一团一团从草地往上冒，跟着了火似的。我妈回来，一街区开外就冲我喊：'你这小兔崽子，哪儿弄来的狗，想把卫生局的人招来是不是？'我就回她说：'行了，妈，知不知道你这话说出来伤人？你就

111

不应该搬过来知道不？快回老家吧。’我妈就我这么一个儿，偏偏坐了牢，搬过来是想多照看我。可你知道她来看过我几次？三次，三年来了三次。有一回带了个蛋糕还不让进，我跟她解释，里面不该放东西的，自己该早点告诉她，狱警有金属探测器，放了东西肯定会查出来。我妈就说自己没藏。哎，可怜她老人家。但狗的事儿，我还是要说，我说：‘妈，你已经伤着我了。冲您这句话，今晚上我就带狗上路，后院不扫了，你要是出去倒垃圾，记得别下错脚。’她瞅了我一眼，说：‘我知道，你就从没给我好日子过过，妈就求你一件事，成不？一件事，你这去了就别回来了。’那就不回来吧，跟咱爸一样。

"下一步，就得喂镇静药了。肯尼说里头还有不少学问，‘五点之前把喝的水拿掉，狗吃了矿物油后可劲想喝水，不拿掉咱都得淹死在狗尿里。喂药可麻烦了。上一次我们是五点左右喂的，喂了之后再把水拿掉，药量用得也比较多，就怕和上上次一样喂不够，上车睡了一会就醒，结果吵翻了天。可那次又喂太多了，狗都耷拉着，半死不活，一分钱都卖不出去。这回咱可不能再这样了。这一路要再吵翻天或是睡不醒，我可不干。要喂的话，小的半粒，小但是多动的就给一粒，大狗两粒，要还是蹦来蹦去就再喂一次。喂的时候让它们喝点水，完了拿掉，再弄点小面包，揉成小球，装上半粒，十一点左右再喂，这下总该成了。’

"我就跟他说：‘肯尼，我以为一整天都可以睡的，可那么多事

叫我怎么睡？'他说吃点镇静药就睡得着了。这家伙，凭啥他赚钱，让我吃苦？他还好意思说：'老子也忙。'

"大胖鼠都没他那么使唤人。临走前大半夜又带了三条狗回来。我他妈忙里忙外忙了一天，总算把自家的狗捯饬完了，他倒好，又变出几条来。我都懒得跟他理论。先前的三条贵宾已经卖到北角区了，一条一块五，真是'贵'宾。现在多了三条，按他说的，刚好凑成十六条。接着又把自己加长房车的后座拆了放狗，说后备厢堆着旧地毯，狗放里面只会踩死。

"拿过来的是小狗，两只西班牙猎犬，一只硬毛，肯尼说：'刚好塞得进去，不费力。'狗下了药都昏过去了。装车的时候，一人抬前腿一人抬后腿，全搬上去叠好。我妈一直在窗后头看，等我快上车了，她开窗喊：'全上去了？''嗯。''那就好，记得我说的话。''记得。'说完'啪'把窗关上了。唉，现在才知道当初咱爸干吗出走。"

弗兰基开口道："也比我好多了。我妈可是每周都来。碰上周末还要先做弥撒。神甫那老头，讲来讲去都是强盗狄斯玛芹怎么良心发现，最后上了天国。操。有几回好不容易不讲强盗，又说打炮，这癫子，怎么不说口活呢？圣餐也是，都什么烂鸡巴玩意儿，圣餐不该是大餐吗？还放芜青？见一个我扔一个，专扔别人身上。我妈瞧见了就盯我，好像扔她头上了似的，那白头发、破衣服，跟遭了打一样。接着去接待室，她就跟话痨一样吧唧吧唧个不停：'愿主保

温柔的杀戮

佑你，弗兰基'，'我给你做了九连祷，弗兰基'，'愿你得到假释，弗兰基'，'妈打心眼里知道你心本善，弗兰基'，'弗兰基，你要悔过自新'。说了这么多，还赖着不走，要不是人一路过来，真想让她立马滚蛋。但没那么简单。一回她病了，换成桑迪来，问我还要什么。我不骗你，当时我回她说，把妈绑在床上。桑迪以为自己听错了，说：'妈没别的意思，她觉得很内疚，不知道自己哪儿没做对。'我说：'博士的事她没告诉过我，算不算她不对？你回去跟她说，要是再生个娃，给他找份正经工作，千万别和人渣混。'桑迪看着我，说：'你要我告诉妈以后别过来？'对。桑迪当真回去就说了。隔了一周，妈来了，跟遭了打失了魂一样，说：'弗兰基，桑迪告诉我说，你不想让妈再过来。'说完就开始哭，旁边的人都开始看我，几个狱警指不定会跟假释处打小报告，说：'这人对自己亲妈都这么狠，过来看他也不领情。'操，怎么办？我就劝她说，想你来的，妈，我那只是随口说说。过后，她为我把该跑的都跑遍了，什么九连祷了、拜苦路了、诵经念珠，还去了教会。我就跟她说：'妈，我又不是残废了。'她就说：'你是心废了。'操，当时没一拳打过去才算是我良心发现。"

"他们知道什么？"拉塞尔应道，"屁也不知道，只当你关在里面出不来，还知道什么？"

"要知道就好了，"弗兰基说，"受不了他们。人都进去了，还嫌不够糟，要往死里整吗？搞不明白。以后万一要是再进去，打死也不能让他们知道，就算进去了也不见他们。"

"我才不想进去呢，休想！"

"想清楚了？"

"做啥都行，就是不能再进去待了。"

"做啥都行？难怪你进去。"

"不去。"

"不去？偷狗就够关你进去了。"

"现在可不会，"拉塞尔说，"以后也不会。跟你说，下回再看到狗，我就在狗身上玩车技。这畜生就一个字，笨。你把它往死里打，接着喂药睡一会，隔天照样醒来走几步，但它会饿。随你怎么折腾它，等饿的时候喂点儿吃的，这些畜生还是把你当神，除了德牧。"

"德牧难搞？"弗兰基问。

"这狗，这贱狗记人，我还头一回碰到。刚醒来的时候，一见我就吼，那种喉咙底发出来的吼。第二天实在饿得不行了会凑过来。后来饿了它整整四天，骨头都看见了，可我一出来照样吼。我就想是不是还得用棍子打，但这家伙又不追你跑，看得出它不笨，记得棍子，不会和我作对，只想找我麻烦。可再怎么说，我也得喂它，总不能瘦成排骨拿去卖。

"这下它算是把我难住了，"拉塞尔继续说，"狗好像也知道。赶出车库的时候赖着不走，我干脆直接扔出去，出来后又赶不回

115　　　　　　　　　　　　　　　　　　温柔的杀戮

去，让它进就是不进，可劲嚎，一路嚎到佛州。开到马里兰的时候遇上暴雨，驳船撞了桥，只能绕远路或是走隧道。隧道走的人多，肯尼就说绕远路。上前线那会，我算是见过大雨，但也没马里兰的大，窗都开不了，但车里全是狗屎、狗屁、狗尿给熏的。不开窗得熏死，开了窗得淹死。真他妈操蛋！本以为卖狗没风险、来钱容易，看来只猜对了一半。知道那德牧卖了多少？十万、八万？告诉你，七十五，美元七十五块整，卖得出去都算走运。买狗的人，这么多狗你买就好了吗？不，主人只是养狗的，身板瘦得皮包骨，也不讲话。那地方算一个农场，在可可海滩市外，很破。我们待了差不多半个小时，这一路过来倒像是走了十几来年，总算可以呼吸点儿新鲜空气了。后来发现，主人不说话，他老婆倒一直说，不停地说，'这狗被车撞了吧'，'病了还是怎么的？我说这位先生，病狗咱可不要，最多二十'。

"德牧也才五十。我就跟她说：'听着，这狗可是有证的，值钱着呢，实打实的好狗，五十不卖。'

"她回说：'可现在没见着狗证，我就是买了也会转手，转手前还得养它、喂它、照看它，耗的时间长着呢。这狗我要来干吗？我根本不想要。你要你自己带回去，这价钱不合适就拉倒。我转手还麻烦呢，瞧它那样，凶巴巴的，对我凶，对其他人也没两样。'

"主人还是一句话不说，他老婆倒真把我难住了。狗我是打死都不带回去的，说句永别，永远别让我再碰见。这畜生，一路上就只盯着我后脖子，要是逮着机会非一口咬死我，能不凶吗？可这会又不凶了。主人让它坐就坐，还把爪子伸出来给他，摸摸耳朵还会咧嘴笑，以为又回老家看守银币了。人站起来，它也跟着站起来，爪子搭在人肩上舔人的脸。我就指着说：'小姐，看清楚，这叫凶？谁说这狗凶，让他看看。'

"她回说：'先生，那是他本事好，狗见了他都这样，来这的狗都喜欢他。要不咋他养狗，留我做买卖？五十，一口价。'

"这会主人像刚醒了一样，看了看我们，狗还在舔他嘴巴，好不容易才拉开，对女的说了一句：'伊妹，给他七十五。'

"'七十五就七十五，拿钱走人，'他老婆怒了，怔了好一会儿才对我吼道，'是你说了算还是我说了算，难不成他喜欢哪条狗，你就得跟我为哪条吵？要是你这么喜欢讨价，咱不陪了，把这些狗都带回去吧。'操。当时我就想，这娘儿们要是见着我妈，指不定该有多对盘。"

"你不也顺顺当当回来了吗？"弗兰基问道。

"呵呵，"拉塞尔说："回来时绕到奥兰多，去把车烧掉，肯尼差点没把自己弄死。车开到一橙子园，下了大路，停在泥埂子上。肯尼从驾驶座下来，拿了条毯子往油箱里浸了下，挂在挡泥板上点着。那车一下子就炸了。可车还挂着后挡，一下往后冲把肯尼撞个四仰八叉。他人跟遭了劫似的，起来说：'妈的，第二回了，下回要再弄，必须得找个靠谱的。'这家伙，眉毛烧了，头发也剩了没

117

几根。"

"那还是辆好车吧?"弗兰基问。

"不,"拉塞尔说,"肯尼的车,关了两天的狗,臭得跟屎一样,还能好到哪里去?他把车挂在他姊妹名下,我们按计划抵达佛州的当天,她就报警说车丢了。等周三准备回来时,机场里到处是条子,一见着我和肯尼就使劲盯着,金属探测门走了四趟。有个条子,不知道新来的还是咋样,往我们身上拍了还拍,跟没事儿做似的。肯尼打趣道:'这还让不让我们上机?'条子们瞅了瞅,说:'先生,如果你们没有携带武器,就可以上机,其实最好给你们办托运。'上了机后,没人敢跟我们坐一块,只好坐在最后面。一乘务员,每次路过的时候就打量我们,像看什么新鲜玩意儿似的。最后她问道:'你们去波士顿?要不考虑一下华盛顿吧。'肯尼还真信了,说:'这是去华盛顿的?我还没去过呢。'其实不用中转的。'不是,'乘务员说,'但你们愿意的话,我可以和机长说说,他会同意的。'之后俩人只得从纽约坐车回来,干嘛坐车?身上带那么多东西,不想再搜身了。开车那司机,都快把我甩出去了,临到站还差点撞了。唉,老子这辈子都没这么累过。"

"看上去是累惨了,"弗兰基说。

"就是,更他妈糟的是,老子快一周没睡过安稳觉了。昨晚上要不是绊了一脚倒地上,估计也睡不着。事情没办完,人就停不下来。今早上本来要跟卖药的碰个头,结果没联系上。"

"你还在捣饬这玩意儿？"弗兰基惊讶道。

"嗯，还在弄，东西还没到手呢，今晚上没见到人就动不了货。在哪我知道，要拿也可以，只是还没去拿。"

"车站？"弗兰基问。

"没你事儿，我自己知道。"

"你丫就一蠢货，"弗兰基说，"知道这得冒多大险？到时就算条子抓你，也不是判你卖药，是判你蠢。"

"等赚了钱再教训我吧。"

"拉塞尔，"弗兰基说，"现在全城都在禁毒，已经快个把月了，拿枪抢药房的家伙比什么时候都多。连帮派老大都被抓，等于是要灭了顶。这周有三个家伙在拿货的时候被搜，话还没说完就闯进来，大伙都吓破了胆。这事儿搞得，联邦调查局都没城里乱。你就歇了吧，拉塞尔，这东西真会把你送进去的，让别人去冒这个险吧。"

"等我做完这一趟再说，现在还被套着呢。朋友那放了一万二，货不脱手叫我白亏吗？这批货直接卖，最多不过一万五六。要是再进一步，跟我手里另一批货混一混，脱手就两万五。"

"蠢，真他妈蠢，"弗兰基骂道，"卖一千就多判一年。"

"听着，弗兰基，先别说我蠢。你和大胖鼠都清楚，至少大胖鼠他清楚。别以为咱干了那事儿就算聪明，你和我一样，蠢。当初听了你一句劝，我就屁颠屁颠跟你跑。可我和你不一样。万一出了

　　　　　　　　　温柔的杀戮

篓子，我就完了，我是在帮别人干活。要是给自己干活，就算抓了也不怨谁，毕竟是做给自己的，多少钱都归我，不用和大胖鼠分，还落了个笨蛋的名声。"

"但那事毕竟成了。"

"是成了，钱也拿了，外头追杀令都下来了，还说成了？咱想法不一样。"

"你说什么？"弗兰基不敢相信。

"我说，你、我、大胖鼠被人盯上了。再在这待下去，老子非得和你们死一块。不，老子得躲出去，去蒙特利尔，那儿有个朋友可以接济一下。实话跟你说：就算没人接济，我照样走人。"

"为啥？"

"还为啥？为查特曼啊，你脑子搭错线了吧？"

"你脑子才搭错线！自己搞的鬼吧。都哪儿听来的鬼话？嗑药了吧你？"

"弗兰基，老子也会算计。外头肯定有动静，肯定。"

"但没人知道是咱。"

"不，我觉得有人知道。"

"可已经有人下手了。"

"行，这你他妈都信。等他们找到你，你再试试？不知道会派谁来，反正不管哪个，见着的时候帮我说一声，我先走了，要找的话去军队找，那地方好，别人要是第一枪没打死你，你至少还有机会打回去。"

"拉塞尔，查特曼被人打了，差不多已经废了，你还不知道？"

"当然知道，肯尼跟我说了。"

"肯尼，你是说肯尼·吉尔？"

"对，他也没说是谁，但我猜应该是查特曼，"拉塞尔说道，"去佛州那会，跟狗挤了一路，外面又下大雨，我就说：'真他妈操逼玩意儿，就为了几块钱，搞得一身腥。我还以为容易着嘞，真他妈操。'

"肯尼就呛我：'哪儿那么多赚钱的路子。'然后跟我说了牌局的事儿。他连牌局是谁开的都不知道。"

"操蛋！"弗兰基骂道。

"别，他真不知道是谁。"

"肯尼是狄龙手下的。"弗兰基说。

"那又怎样？"

"肯尼要是知道点啥，那都是听狄龙说的，"弗兰基吼道，"就他自己那脑子，能有啥用。他知道有个开牌局的，那肯定是狄龙告诉他，告诉他肯定是有原因的。谁还有这个闲工夫和肯尼拉家常，除非想让他帮个忙。"

"嗯，肯尼是这么说。他认识俩兄弟，说要去教训一个开牌局的，还说那开牌局的抄了自家场子，得给他点颜色瞧瞧。我猜应该就是查特曼。俩兄弟和肯尼熟，想让他一块去，钱也一块拿。但肯尼得忙狗的事儿，就推了。他说：'这种活麻烦，又拿不了多少钱，我打赌俩兄最多不过两百，一人一百，还得冒这个险，换你你愿意？歇菜。'他就说了这么点儿。"

"那你都说了些啥？要是狄龙还不知道的话。"

"我没说。"

"你丫蠢货!"弗兰基骂道。

"我真的啥也没说，只在那听。肯尼连名字都没提，要不是我心里有数，我都不知道他说的是谁。你以为我嘴巴漏？他说有人抄过自家场子，结果被打了，只是被打吗？就这样算了？我是没说，也不想说，我只想早点躲开，别让他们找到我。"

"最好没说，要不然约翰得气疯了。"

"哦，"拉塞尔叹道，"了不得，老子把大胖鼠都气疯了。罚我晚上不吃饭就睡觉吧，操。"

第十章

"你说他招了？"

"肯定招了，"弗兰基说道，"他和肯尼一起开了三天车，一路上没停，肯定全说了。我本以为自己了解他，从没想过他会做出这种事，但现在看来也只能是他了。这次是提醒，自己捅了娄子知道错了，特地跑过来说一声，让咱俩提防着点。"

"他也逃不掉。"阿马托说。

"要是躲到蒙特利尔，那还好些，没人知道他。"

"那儿也是有人的，你知道。"

"嗯，你知我知，就他还迷糊着。但其实他也不在乎。他只是想，待在这反正是不行的，外头现在风声紧，自己又被狄龙手下套了那么多话。肯尼铁定是说了什么激了他。"

"人是你带进来的，你最清楚！我让你打量仔细了，你还说他没事儿。"阿马托怒道。

"是我失算了，我怎么知道他嘴薄？要搁在以前，打死他都不会说半句，口风紧着呢，不紧我就不会用他。谁知道他会对肯尼全招啊！"

温柔的杀戮

"当初博士那事儿，你怪我，是我的错。"

"那是你的错，害我坐了这么些年。这回错是在我，可让我为这死，我不干。你得想想办法，能摆平，我啥都听你的。没把人弄清楚就带过来，走了风声也算我的错，我认，行不？现在咱得想办法。这家伙先下一步，背后使刀，还跟别人说自己也没闲着，拿了一百就把场子端了。他有脑子吧？被狗吃了？现在回头保自己，拿咱当替死鬼，操！"

"肯尼·吉尔这人你熟？"阿马托问。

"再熟不过了。去动物园看过大猩猩吧，肯尼就那怂样，下面短，还是罗圈腿，上面鼓得像球，走起来两手快甩到地上，你说这不就一猴吗？盯着他看久了，活脱脱一马戏团耍猴，褪了毛套上裤子就当成人。说是人都太笨。你要是好好讲，慢慢讲，声音大一点，他会听，也听得进去，听进去也算懂了，要不然啥也不会。聊天时光听不说，问他话只会哼哼，还得是在心情好的时候，不好的话，屁都不放一个，就杵在那盯着你看，脑子不灵光也使劲在想，结果等上个把钟头才憋出两句话，把跟他说的再说一遍，说什么都同意。他知道的事儿最多不过两样，只要提到一样就算和他搭上话了，要不然没辙，除了呼哧几口气，其他都干不了。"

"哦，"阿马托应道，"看上去还挺好对付。"

"他可是狄龙的手下。"

"他手下还有怀特·厄普呢，我见过。但不管手下替他做了多少，他都得死。"

"卡拉罕认识？"

"不记得。"

"律师，给狄龙帮过忙。死的时候车被炸了。"

"哦，是的。"

"肯尼干的。"

"车被炸是听过，那会还在牢里。"

"我也是后来才知道的。坦瓷还在保护令的时候，他老婆给捎的消息。车上防火墙上绑了六捆炸药。"

"这灭口也灭得太过了。"

"估计卡拉罕也这么想，"弗兰基说，"身上被炸得没剩几块肉，屁股也没了。打中了点火器。要是没开门逃出去，可能全炸光了。坦瓷跟我说:'肯尼下手狠，狄龙说干啥就干啥，让他自宫估计二话不说就拿刀出来切。外头都怕狄龙，其实最应该怕的是肯尼。'"

"那明早就让康妮发动车子试试。"

"也是个主意，"弗兰基说:"要是没炸，让她过来把我的车发动发动，反正不管咋样，咱得想个法子。头等要紧的，是把拉塞尔弄走，这是第一要做的。走到这一步我是没想过，但这狗娘养的，我落了难都是他一手害的，我要杀了他，我真的做得出来。"

"这么做好吗？"

"不好。这会已经捅了篓子，杀了他等于跟外头说是咱干的。但走是走定了。外头要真怀疑我们，他得死，咱也得死；没有，那他也早滚去加拿大了，要不就是卖药被抓进去，这辈子出不来。咱现在要担心的是肯尼。但估计要派的话不会派他，我跟他那么熟，是绝不和他近身的，见了就开打。可这么一来，派谁咱就没底了，那头也会多想想。"

"再有，"阿马托说，"就现在的情况，那头会不会出手都未必，太乱了。"

"会出手的，咱得开始仔细着点儿，多留心。"

"不会，我觉得不会。抄的是查特曼的场子，打的是查特曼这人，其他也找不出什么缘由啊，再说下手又这么狠，不像是玩的。依我看，外头还不知道我们，大伙都以为事情了了。"

"约翰，听着，我也希望你是对的，我也想活命，好日子刚开头，我舍不得。"

"我本来就对。"

"那不介意我留心吧？"

"弗兰基，你要留心随你。这事咱做了，也清了。我还得跑几趟布罗克顿，驾校的生意也得照顾。等风头一过，我跟你说一声，咱还有正经事呢。"

第十一章

　　午后的威氏酒吧，柯根在吧台区靠里面坐着，一边啜几口黑啤，一边留意着大门。铜制围栏后的用餐区里，一群身着白大褂的医师和实习生也正喝着黑啤，实习生闹着要医师讲讲单位里的传闻，听得出他们来自新英格兰医疗中心。

　　终于，米契出现在了门口。他一头棕黑短发，肤色略白，灰色法兰绒宽腿裤配上哈里斯牌素色花呢便装，里面的深蓝色衬衫敞着领口。他往里扫了一眼，看到柯根后走上前去，在蒙着木屑的地板上踩出了一串脚印。走到桌旁时，他伸出手问候道："杰基。"

　　柯根也问候了一声"米契"。两人握了握手，坐下。柯根伸出两手指示意服务生。

　　米契"嗯"了两声，表示不用。

　　"戒了？"柯根问。

　　"人变胖了，"米契答，接着对服务生说，"来杯必富达马丁尼，加冰、橄榄。"服务生点了点头。

　　"午餐吃过了？"

　　"嗯，"米契答，"飞机上吃的，吃了一点。"

　　　　　　　　　　　　　　　　　　　温柔的杀戮

"要不要来份红烩牛肉，"柯根建议道，"虽说也是炖肉，但里面放了番茄什么的，味道不错。"

"巷子里的炖肉店还在吗？就很多要饭的那家。"

"康和塘？在的，那炖肉叫一绝。"

"早前确实觉得不错，狄龙带我去过一次，我跟他说：'操，这种小店你倒是熟门熟路。'那回还下着雪，狗屁天气，哪儿都去不了，事情又一大堆，就到店里躲躲。狄龙正在气头上。他这人，一听别人说自己犯傻就来气，脾性那叫一个爆，要不就告诉他事情和他没关系。但这回应该和他有关。我猜。"

"有关。"

"操，"米契骂道，"一猜就对。我五十一了，开始发胖了，三十五岁前从没担心过体重。那会，你知道不？我三十岁那会，总统还姓杜鲁门呢。"

"人家老成精了吧。"

"听说已经成仙了，管他的。我戒过土豆，一点土豆也不吃，加上偶尔健健身，倒也没长多少，想喝的时候还可以来一杯。"

"就一杯？"

"呵，偶尔多点，但没事。现在不行了，现在瞅一眼啤酒都会胖，你说气不气？以前用过可的松，就那种激素，简直是在催肥。我问医生说，这玩意儿是不是能把人胖死。医生说，不用的话保证能瘦回来，但没有。"

"用可的松干吗？"

"结肠炎，上一年春夏的时候，病得跟猪一样，有一阵子实在受不了了，要不然不会吃那么多、那么久。后来又去看了男科，开了盘尼西林，我也懒得和医生说可的松的事，这俩东西其实不能混着吃，但那几天实在是不行了，起都起不来。"

"我记得我老婆好像也吃过，但没怎么变胖，可能吃的不是可的松。"

"她是关节炎？"

"碰了毒漆藤，"柯根说道，"她有个园子，没事就爱在里面鼓捣，结果就碰到了。一开始不知道，上去就连根拔，好，身上开始发痒，涂了药水也没用，只好去看医生。医生说毒已经跑到血里了，要吃药。你知道不，那毒可以跑到你头发丝儿里，整个头皮、耳朵都痒得不得了。她上班早，起得也比我早，一般都会叫我。有天却躲在卫生间一个劲儿哭，原来梳头发的时候太疼。医生说这东西涂是涂不好的，一定要吃药。大概就是可的松。那阵子也真够她受的。"

"明年可能还会痒的。"

"我知道，我问过医生，他说除非这东西跑到血里，不吃药只涂药水，那才治不了根。但万一复发也不奇怪，医生不一定都准。问题在我老婆自己，她就碰不得蜜蜂、虫子这些，过敏。"

"是不是肿起来像个球？小时候我也这么干过。"

温柔的杀戮

"还要厉害，不小心就得死人。可我老婆被咬了不能出门，家里又没针，打不了肾上腺素。我就在车上手套箱里备了一份，卡车里也是。有人跟她说过，咬在脖子以上，五分钟内就得打针，脖子以下二十分钟。我自己也听说，一咬就直接打，医院都别想，浪费时间，搞不好小命就没了。"

"吃了不少苦。"

"我老婆能吃苦，"柯根说道，"大半辈子就这么过来的。你知道她怎么说？她说：'人不可能一直待在屋里，就算待屋里，要是虫子飞进来咋办？'几年前被叮过一次。那会儿正好和她在水边吃饭，她当然喷不了香水，我也会当心，但刚好有人给了一瓶百露，我就喷了一点。那水边估计有蜂巢，有一只闻着就飞过来，偏巧停在她脖子上，被服务生看见了。我还来不及挡，人家一巴掌就刷过去，没碰着。当然人家也是好心，只是惊了虫子，毒刺就进去了，我老婆'啊'的一声大叫，急忙翻包找针，整个人已经开始变色了。还好我也带了，就冲过去，差点把桌都掀了。那时她已经快断气了，我赶忙给她打了一针。醒过来后她说，当时就像全世界的空气都被抽走了一样。"

"类似这样的事儿时有发生，"柯根继续说，"以后会遇着什么，她心里也清楚，但都放在肚子里。卡罗尔有两个姊妹，都很能生，卡罗尔把她们的孩子当亲生一样。但她老母难搞，每回去见她都没好脸色看。其实卡罗尔的情况她知道，但老人家照样坐在那，什么话也不讲，只拿眼埋汰你。亏我老婆也倔，就跟她老母说：'妈，有人叫我卡罗尔阿姨就够了，天底下的事不是处处随人愿的。'"

"不是处处随人愿，"米契接道，"是啊，人在做，天在看，看狄龙就知道了。"

服务生在往白大褂那边跑了两趟后，终于把酒端了过来。

"今天头一杯，飞机上的不算，"米契喝了一口，打趣道，"一杯马尿要一块五，这帮匪子怎么没贱死呢？咱说回狄龙，这人我就没见他上过什么瘾。喝酒不喝多，没怎么大鱼大肉，想泻火的时候偶尔找个妞，当然我没见他找过，只是猜猜。"

"老婆那他以前会回去看看。"

"他老婆可是大美人，"说着米契喝完酒，示意了一下服务生，"说有次抓到她翻他的衣兜。要是我的话，非要她命不可，但狄龙没有，他说：'我一直想试试身边的人，看他们能做到什么份儿上。这娘儿们我算是看清了。'这些日子他是不好过，上一回我记得还是在佛州的时候，舒心了几天。真难为他了，一辈子就吊一棵树上，换做我是不会的。"

"你还在帮会里？"

"哪儿，早离了。知道外头现在啥情况？人多，到处都他妈的波多黎各佬，不知道的都当成是黑鬼，其实不是，别的地方可能黑鬼多一点，但纽约不是，纽约就他妈一大波城，连我都搞不清怎么弄的。我在那住了二十来年，但凡碰上叫骂的，不是黑鬼，都是这

温柔的杀戮

帮畜生。从波多黎各坐飞机来，一夜的工夫就把纽约塞满了，大伙莫名其妙就多了个冤大头要伺候。比方说你买个三明治，旁边站着一波佬，一看就几天没吃饭的那种，这帮人几乎没一顿吃得饱，以为长得好看就不用自己挣钱糊口似的。这会儿你的三明治就不保了，要不然政府的人就给你脸色看，训你说：'嗨，给他吃，他是来咱国家的西班牙移民客，要好好照顾。'在纽约，你只要抬眼望过去，满大街全是波多黎各基佬，屁股扭得跟狗尾巴一样，要我说全是卖的。我自个儿嘛，现在卖车。"

"哟，想不到。卖车好赚？"柯根问。

"哪儿啊，屁都赚不到。你也是过来人，应该清楚，干咱这一行的，想挣钱，一靠拼命，二靠运气。现在我是跟着我老婆她舅，我在外面跑，他管里面，两人谈得来，我开玩笑说干脆我俩结婚算了。但这都是临时的。现在要是做回老本行，谁都不会要我，为啥？咱的案底太厚，刀山火海全他妈折腾过，就新泽西那小子，每回接电话都把我家底亮出来。呵，没办法，只能等风头过去再说。只要能耐得住性子，甭管什么大风大浪都会过去。外头往下是黄种人闹，再往下又得选举了，要是选个黑鬼，估计也得闹上一阵子。等过了那一阵，就没老子什么事儿了，到时再找找其他的活。"

服务生端来两杯酒。米契厉声问："这酒哪儿弄来的？"服务生穿着制服，弓着身子，看上去有些年老。听到质问后，他直起身子，疑惑地看着眼前的这位客人。米契接着不耐烦地说道："我问你这酒哪儿来的。厨房不在这是不是？还是要打个车走半个城？奇了怪了。"

"不是，这位先生，"服务生忙打圆场道，"今天餐厅和吧台只有一人，实在忙不过来。你看这酒怎么样？"

"呵，"米契蔑笑了声，"这酒实在不怎么样，一路端过来酒气都快散光了。"

柯根看不下去，止住米契，对服务生说："还好，酒不错。"

服务生退了出去。

"下一杯我得走邮局了。现在卖酒的大概会在杂志上张贴订货单，填好寄过去，人在这等上个把星期，东西就给你送过来。"

"这地方是你自己选的。"柯根问道。

"整个波士顿我就知道这地儿。你知道我来过几次？今天是第四，不，第五次，这辈子第五次，往常不会来的，出门走的要不底特律，要不芝加哥，上回去了圣路易斯，都是这些地方，波士顿咱不来的。她大舅前几天托我办事，我说要出趟远门，他就埋汰我说：哟，去布鲁克林？"

"你跟他说过来这？"柯根问。

"操，哪儿能啊！我的意思是说不常来。大概上头用人的时候都派的别人吧，反正现在收了手，这种活能不碰就不碰，换句话说，这种事能不找我就不找。"

"真的？"

温柔的杀戮

"真的，"米契答道。一杯饮尽，他朝服务生示意自己的杯子，服务生缓缓走向吧台。米契接着对柯根说道："不介意我喝点啤的吧，那家伙要从机场送酒过来，还得等一会。"说着他伸手去拿黑啤。

"没事，但你不说喝了变胖吗？"

米契咕噜了几口，说："嗯。说说前头的事。开始是电话上听说的。操，那种畜生真他妈想毙了他。找个人分分钟搞定。但结果还是自个儿拍屁股走人。你大概也知道，我这心里一直堵得慌。找医生开药，说我是不是压力太大。压力个屁，黑名单上我的大名待着又不是一天两天，人家洛克菲勒都没上过这么多榜。以前我好歹能混个正经管事的，做得不算差，现在倒好，专耍刀啊枪啊炸弹，连自己是谁都忘了。还有我老婆，也不是省油的灯。后来想，唉，算了，烦这些干吗？我该吃吃，该喝喝。这不，有一回去萨拉托加，好好抽了一管，结果在马里兰被逮了，为了枪的事儿。"

"什么枪的事儿？"

"操，跟人去打猎闹的。托佩尔你认识？"

"不认识。"

米契的杯子见底了，服务生过来续了一杯。"那位客人的酒不倒？"米契问道。

"没有，"服务生答，"我以为你们只要一杯。"

"那你错了，"米契说，"把他的添上，我刚喝了他的。"

柯根插话道:"不用了,没事。"

服务生点头会意。

"行,那就不用了,"米契耸了耸肩,接着刚才的话题,"托佩尔,人不错。搬到长岛的时候,说要先认识认识他。他自个儿说:'我老了,人倒还凑合。'呵呵,我不也是嘛。老家伙喜欢钓鱼。"

"我去过一次,"柯根说,"一帮人挤一艘鱼艇喝酒。我就纳闷了,这算哪门子钓鱼啊?好好的球赛不看,跑这儿来给别人凑热闹。都乱成什么样?喝酒的喝酒,耍酒疯的耍酒疯,有啥意思?"

"他是去海边抛钓,站在沙滩上,挺爽的,"米契说着,喝下半杯必富达,打了个小嗝,"就,比较麻烦的就是,你得早起。但没办法,人家要去。我老婆还拦我呢,我就吼她说:'别管我。'对了,你打过鹅吗?"

"没有,一直忙着呢,麻烦。在外头没日没夜操心,回了家才能休息会,碰上休息天也不得空。我老婆已经受不了了,说我是忙过了头,可不是嘛!原来我那生意还算凑合,但大伙都知道,现在政府动真格的,被盯上是迟早的事。倒是不会倒,但肯定比不了以前好。我就另外接手了雪茄的厂子,还不错,半年生意跟疯了似的长,我就放了一部分给一个熟人做,在西边,原料我出,剩下的厂子我管,弄得挺红火。但我老婆见不得我忙。每到一地,我都睡不着。我就不习惯这么早上床,非得折腾到很晚才睡,两人啥也做不了。她就说我大概累坏了。确实是累坏了。我尽可能把事情安排

温柔的杀戮

开，但没办法，习惯了。要是能换一行干，早点睡就好了。"

"做点改变，"米契说，"在道上混不能老是那一套。现在帮会是烂到根了，连我这老江湖都看不过去，但说实话，心里其实挺庆幸的。托佩尔那老家伙少说也有七十了，外头的事都放了手，他就跟我说：'你们这帮人问题在哪？一辈子忙来忙去，永远只在一棵树上，到最后除了白头发，其他啥也没挣着。你们呐，该换个路子。'后来我就听他的，一起去了马里兰。有人刚在海边接手了一个酒店，大伙都是道上的，约好去打鹅。等我们到那的时候，好家伙，几百个条子堵在那。我们后备厢里都放着猎枪呢，这不撞枪口上了吗？条子问：'你们去哪？做什么？从哪儿来？'我们自然一句话也不说。动手是难免的，但咱这儿还不是苏联，大伙都站着，条子开始搜车。我本想跟他们要搜捕证件，托佩尔拉住我。当时有四五个人站在旁边，我真担心他会说出什么来。但他只是摇了摇头，摇得也不明显。那会才知道托佩尔这人靠谱。我也啥都没说。

"接着条子开了厢，在我和托佩尔的车上发现了猎枪。那车其实是他老婆的。枪一共两把，一把是我刚从店里买的，签的还是她大舅的名，但钱是我付的，是我自己的枪，虽说还没用过。条子看了看，走过来把我铐上。我还什么都没交代，条子就冲我喊：'米契先生。'接着巴拉巴拉讲了一堆，陈年账都翻出来。我往旁边看，托佩尔也被逮了，条子对他的情况也了解。唉，奇了怪了，我俩去哪儿，条子怎么知道得这么清楚？

"条子猜我正想问这个，就跟我说：'你那情况，想知道就告诉你。今早过窄颈大桥的时候就盯上了。你们这帮人也该悠着点，办事别总按老规矩来。'但说啥也没用，人是又栽进去了，还是为了一支枪进去，这枪他妈还是用来打鹅的，你说冤不冤？"

"操！"柯根骂道。

米契喝完必富达，先朝服务生指了指柯根的空杯子。

柯根问："你是不是喝多了？"

"昨晚一宿没睡，"米契答，"每回碰上坐飞机，前一晚就心慌，睡不着。等下了飞机就得补觉，要不然没精神。待会儿喝完我就回酒店去。马里兰的事出来后，我那老毛病又犯了，医生说要重新吃可的松，我说不要，为了甩掉这身膘，让我一天换三条裤都愿意。重点是，托佩尔觉得这事是他的错，加上人老，身板小，又三十多年没坐过牢，他想把两把枪都揽过去，说我只是帮他个忙，搭个便车。"

"这也可以，"柯根说，"但万一上面……"

"那就我坐牢，"米契插话道，"很简单，不是他的枪，就是我的枪，我就得坐牢。又不是头一回，进就进。要审的话，法院估计得翻个底朝天，我的案底，判个三年都嫌少。他娘的，条子是不是就爱抓人？都抓上瘾了，一个一个套口供，最后把人逼出来，有些都还是小孩，一拳就抢过去，畜生！后来给我判了一年，操，一年就一年。"

温柔的杀戮

"但老婆不好受，"柯根接道，"这一关难闯。卡罗尔一直担心我会再进去，平常没事，但一想到我老在外面就揪心。不过话说回来，条子通常抓四五个人，逼他们在大陪审团前把大佬供出来，可就像你说的，谁都知道，但谁也不说。大佬一般都没事。"

　　"布鲁克林也这样，大把的人关进去，结果谁都不松口。"

　　"嗯，都一样，口风紧着呢，不招的话最多坐个牢。我就跟我老婆说：咱还不是大鱼，比起他们，咱只是小喽啰。小喽啰溜得快，认识咱的没几个。但其实自个儿清楚，万事都没个定准，万一要是再进去，她肯定受不了。外头消息多，每回有人来取话费单，她整个人都绷起来，求着我答应她不用监听的电话。我照做了，本来就没怎么用。可万一，我说万一再进去，她要垮的。"

　　"哪个不垮呢，"米契应道。服务生端来黑啤和必富达，米契喝了一口黑啤，擦了擦嘴，打了个小嗝，继续说道，"上次，我老婆干脆把离婚协议拿出来了。但我不怪她，她那时还年轻。庭审前一晚两人亲热了一次，算是告别。隔天一早醒来的时候差不多五点，出来撒泡尿，她不知什么时候已经起床了，问我说：'情况不大好，是不是？'对，不大好，又怎样。审问时条子撒了谎，那晚明明十点多送的我，却硬说九点半，我说再多也没用，法官信条子。然后我俩回卧房穿衣服。套上裤子后我看着她。你就猜不透，她喝酒那么凶，身材却不走样。不怪我多想，我这一进去，她肯定荒得长草，偷乐难免的。操！一想到这我就，这感觉，你明明知道但就是

138

没办法，连提都不敢提。哦，你进去，你老婆就得跟你一样在外面守寡！她看着我，说：'第三回了，哈罗德，这是第三回了。'她是从来不叫我米契的，她知道我不稀罕这名。

"我就跟她说：'听着，事情总是猜不到的，'"米契啜了几口必富达，"'以后要发生什么，没法预料。她回我说：'听上去你像是什么都懂，我也懂，但我就是受不了。'

"最后，该来的还是来了，要是协议一签，想拿的她都可以拿走。这女人受了我两次苦，啥也不欠我的，估计心里都烦了。我问她会不会来看我，说：'玛吉，听着，要是你真想这样，行，随你。但这样对你有啥好处？'她已经三十九，快四十了，'你看，孩子照样你带，我不会死在里面，等我出来后，每回去看孩子，咱还是会见面，我会常常去看他们。咱俩在一起这么些年，除非今天，除非你玛吉今天在外头有了人！'她不作声，瞧见没，早知道她外头有人，我就继续说：'玛吉，算我求你，咱先别签行吗？就像上次，不也是先等我出来你才做的决定吗？那会咱还年轻呢。'玛吉听了看着我，说：'是啊，那会你说过，保证过以后再也不沾这些东西，可现在呢？现在你还来这一套！你想让我再等个五年十年，等你一而再、再而三地把自己送进去吗？'

"我就说：'玛吉，你说的对，我没什么好说的，只求你一件事，一件你做得到的事：等我出来，行吗？我连那人是谁都不知道。'当然，我其实知道，她俩在一起第二天我就知道了，但我不

温柔的杀戮

怪那男的。我接着说:'就这事,就答应我这一件事:等我出来你俩再好,成吗?玛吉,再怎么说,这些年咱也算投缘过。'说完她就哭了,边摇头边哭。最后还是签了,签了,就这么签了……呵。杰基,你懂孩子吗?不懂,你怎么会懂?"米契喝完最后一口必富达。

柯根阻止道:"你不能再喝了,再喝就得扛你回去了。"

"没事,我扛得住,我喝酒的时候你丫还没投胎呢!别在那指使我,"说着,米契朝服务生示意柯根的杯子,指了两次,接着说道,"谁都不懂孩子。但离婚对孩子伤害太大了,我觉得,他们会咋想?我那俩孩子,遭罪哦。不,不会。我女儿能挺过去,她行的。可我儿子,要是他都不认我!说,你说这算不算活该!玛吉,我觉得玛吉就是为了孩子,但不离不是更好吗,对孩子来说?唉,也难怪,她最近喝得有点多。"

"她没事吧?"柯根问,"之前在佛州的时候看着还行。"

"嗯,在佛州的时候还好,还没酗酒,我亲眼见的,我也在。但那是头一回,后来就不行了。我有几个酗酒的朋友,我就问他们,他们说头一回戒,都以为自己能戒掉,以后都不会沾了。但那是自以为,实际上哪儿能啊!没人一次就戒得掉的,没人。等我们从佛州回来,一个月,简直他妈吵翻了天。就跟你这么说吧,我巴不得出来一趟。这东西上了瘾就别想戒,要戒最多就那么几天,迟早得出事。要是我进去坐牢,估计没等我把囚服穿上,她已经醉得起不来了。这时候让我签，我能放心吗？"

服务生端来两杯黑啤，放在米契前面，柯根说："买单。"服务生点了点头。米契已经喝下半杯。

"压力大如山呐，你得挺过去。"

"嗨，"米契叹了一声，"挺，怎么挺？尽人事吧，总不至于当个逃兵偷渡，你说是不是？那也没意思。说说咱的正经事吧。"

"好。是这样，有两个，不，实际上有四个，其中一个还没着落，我也不敢肯定，但另一个是定的。总之咱的任务就两个，叫你来是考虑到其中一个认识我。"

"嗯，两个都归我？都在附近？"

"你能搞定，两个都给你，我没问题。看你自己的意思。"

"我等钱用，"米契说，"那件案子得花不少钱。知道他们在哪告的我吗？在马里兰，不在纽约。庭审的时候我得过去租个旅馆，再请个律师。原先那个叫索利的，还有点本事，就是太臭美，跟犹太小油头似的。新请的这个又没啥本事。幸好有索利，要不然非得被坑死。没错，我是等钱用呢。"

"行，那两个都给你，没问题。"

"本来是没什么问题，但你知道，我现在行动不方便，除了纽约、马里兰，其他地方要去的话，都得向法院打报告。这趟波士顿原本不能来，报告还没打，不能待太久。况且两个也比较危险，算了，我负责一个吧。"

温柔的杀戮

"一个就一个，"柯根说道，"计划是这样：你负责搞定认识我的那个。也不算认识，就是听说过有我这个人，还有狄龙。这小子要是有了风声，大概能猜到是我或狄龙。那咱就换你去。"

"他有同伙没？"

"也是其中一个，年纪不大，现在应该还在城里，不好对付。至于另一个，可能在别的地方。反正你负责的是他。"

"预备怎么做？"

"现在？看情况，老实说我还没个准，另一个我预备是今晚上，看情况吧，一步步来。"

"到底是什么事？"米契不解。

"烂逼事儿。地方上有个开牌局的，几年前招人砸了自家场子，演了场戏，竟没人追究。后来另一家伙也招了俩小子，重新砸了一回，想让前面那人背黑锅。今晚上我要搞的就是那家伙，要是事情顺利的话。"

"都什么人呐！"米契叹道，喝完剩下的半杯。

"呵。"柯根表示赞同，接着跟过来的服务生买单。

米契对服务生说："你要觉得今年内还来得及走回我这地界，就顺路给我带两杯。"

"不用，"柯根止住服务生，伸手拿走第二杯黑啤，"这杯归我，喝不喝都归我。你去倒杯黑咖啡，他要喝。"

"唉……"米契想反驳。

"唉什么唉，"柯根怒道，"你这家伙，要好好说道说道你。到时别让我上牢房看你去，那儿人多事也多。你喝你的咖啡吧。"

"喝了我睡不着啊。"

"睡不着看电视。"

"没用。对了，你还得给我安排安排。"

"你要安排？"柯根有点吃惊。

"操，该不会今晚上就下手吧？"

"不。"

"明晚上也不用，是吧？这两天先得好好计划。有打下手的吗？"

"有一个，不算出挑，但听话，叫他做的事都能做。"

"不乱来？甭管做什么，都不乱来？"

"听着，"柯根说，"就是让他空手砸车，他都会去砸。人绝对靠得住，只要你告诉他怎么做。你要是不告诉他，那撞墙他都不带闪的。"

"还是别了吧，我宁愿他闪。这种人，一出了眼界就弄得天下大乱，我惹不起。你自个儿真不打算上？"

"记住了，那人叫约翰·阿马托，我有点熟。之前找过狄龙，想让他帮个忙。狄龙做不了，问可不可以让我去，后来我就去了，还拿了人家钱。他应该还记得我。"

"刚才你说那打下手的，他知道多少？"

温柔的杀戮

"肯尼？他不知道，我都没跟他讲，他也不知道你来。其实就算告诉他也不打紧。"

"我不要他，"米契说道。

服务生送来零钱和咖啡。

"我不要咖啡，"米契抱怨说。

服务生退了出去。

"我没说是你要啊！"柯根道。

"果仁蛋糕也不要。"

"操，你要什么你得跟我说是吧？我又不是你肚里的蛔虫。"

"那小子人在哪？"

"昆西，确切说是在沃勒斯顿。"

"什么鬼地方？"

"我给你带路。"

"不是说认识你吗？行，带就带。还有，你的那个？"

"嗯？"

"先搞定他，"米契建议道，"依我看，搞定了他，我负责的那个会有点想法。"

"对。"

"叫他松懈下来。"

"我也这么觉得。"

"那好。那咱就让他放松放松，成不？对了，你给我安排个能

144

开车的，还有几样物件也别忘了。你是不是啥都没准备？"

"本想先问问你来着。"柯根解释道。

"好，点四五的宪兵枪，我一直用这个。"

"行。"

"这事要是你先起的头，那真是够胆，你能干！枪要多久？"

"差不多一天吧。"

"车呢？"

"也差不多一天。"

"人？"

"一样。"

"不是埋汰你，"米契说道，"但总觉得你办事没那么快。"

"就这么快！"

"好吧。你说咋样就咋样，我不管。至于钟点嘛，今天是周四，周六，咱就定在周六晚上。你们这儿的人办事糙，不仔细，不像我先把事儿想周全。"

"能碰上你这样的大人物，算小的积德，能多学学。"柯根打趣道。

"这一行混得也算久了，砸过不少事情，但这种事上从不马虎。现在留了两天休息，晚上有啥活动？"

"这我可保证不了。"

"那活不行？"

"哪儿啊？就是不玩卖的。"

"随你吧，我可要玩玩。给我找两个来，送到酒店。一四零九号，行吗？"

"我尽力，"柯根应道，"其余的你自己看着办吧。"

第十二章

　　肯尼和柯根面对面坐在碧客芙咖啡馆里，街的另一边依旧是龙
虾仁餐馆。肯尼穿着深蓝色水手服，开口道："他走路不太对劲。"

　　"当然不对劲，"柯根说，"打成这样，能不疼嘛。"

　　"连动个身都费劲。我见过他下车的样子，慢吞吞地。"

　　"身上还打着绷带呢。"

　　"难怪。"

　　"不好受的，打你你也残。"

　　"那咱怎么弄，杰基？"

　　"你就开车。"柯根指挥道，"其他的事别管，开好你的车
就行。"

　　"开车挣车钱。"

　　"五百，老规矩。只要别坏我事。"

　　"我坏过你事吗？"肯尼反问道。

　　"肯尼，天底下没坏过事的人多了去了，坏了事的都在里面蹲
着呢。今晚上跟了我，你可得悠着点。车是什么车？"

　　"去年的奥兹，好车。"

"别打车的主意。我给你的东西都带了吗？"

"带了。"

"全带了，没动过？"

"嗯。"

"好。你就负责开车。"

"咱要对付谁啊？"肯尼问。

"不关你事。"

"别介，说真的，谁啊？史蒂夫哥俩揍的那个？"

"肯尼!"柯根厉声警告。

"我没别的意思，就是问问。听说之前有个开牌局的被打了，现在又有人挂了彩，我就想知道是不同一个？"

"开牌局，谁跟你说的？"柯根突然起了戒心。

"跟你说过，杰基，我只是问问，真没别的想法。那人的牌局咋了？"

"自己招了几个人，把场子端了。"

"哦，是这样。但我不明白，为啥叫史蒂夫他们？"

"你是说应该叫你？"

"有钱干吗不赚？"

"想赚钱哪儿都可以，问题是史蒂夫哥俩不是我随便叫的。你明白？"

"哦。"

"那会要两个人，你只有一个。"

"我可以再找啊，跟我一起卖狗的那个就可以。"

"呃，成，下回要再找两个，就打你电话。"

"那家伙行的，会办事，就是最近好像不怎么出来混了。"

"行了，肯尼，"柯根止住道，"你只要记住，哪天我要是想找两个，就先给你电话，你找得着就叫你，成？"

"成，我就说没别的意思，是吧，杰基。"

"你就这点不好。记住，听我的准没错。"

"那人知道自己……要被那个吗？"

"这个，"柯根迟疑了会，"要说应该知道，但没料到是现在。估计是这样。"

街对面，身穿灰红格子衫的查特曼孤身出现在餐馆门口，双手插在口袋里。套着风帽衫的侍应生随即上街取车。

"狗娘养的，"柯根骂道，"想不到今晚上换口味了。"

"他喝东西是用塑料管喝的，很像车把，"肯尼说，"带点绿，带点白的。"

"嗯，"柯根放下咖啡，问道，"车在哪？"

"就在边上。我以为你刚才说……"

"别管我说什么，抬屁股走人，那家伙要回老家了。"

"我还没弄明白。"

"人家也没明白，"柯根说，"这辈子也别想弄明白。快点，今晚上得早点回去，咱也换个口味。"

黄色奥兹在联邦大道上一路向西，紧随凯迪拉克开过八个绿灯叉口。柯根坐在驾驶座后面，把手藏在阴影里。

"操，"肯尼骂道，"他行啊，掐得挺准，刚好在转灯的时候。"

"他知道速度，一般我记得是十九、二十迈，好像是这样。他开惯了的。"

"杰基，要是，要是他不停咋办？"

"那就送他回去，直接解决。你只要跟住他就好了。肯尼，记住我说的，别废那么多脑子，管好你的车、看好你的道就行了。"

跑车在开到灯塔山犹太会堂时转右车道，接着在靠近栗山大道叉口时亮起刹车灯。路灯转红，电车缓缓驶过，向西开往泊湖街。

"肯尼，往中间开，"柯根指挥道，"下面有三条车道，中间那条。"接着，他从后座直起身子，趴过去用左手摇下右后座的车窗。

奥兹迅速从左侧追上凯迪拉克。

"跟在车后，"柯根说，"慢点，小心。"

叉口依旧亮着红灯，没有别的车辆，栗山大道上的绿灯转黄。

"开上去，"柯根继续说，"再往前开一点，把后窗对准他，肯尼。好的。"

等奥兹的右后窗与跑车的驾驶窗对齐时，肯尼停了下来。查特曼瞭了一眼奥兹，回头看路灯。

一把萨维奇半自动步枪从奥兹窗口伸出来，柯根连发五枪，第一枪震裂了凯迪拉克的车窗。查特曼猛地倒向右侧，又猛地止住，半弯在座位上。柯根不屑道:"马克，算你行，还记得绑安全带。"

　　枪声远去，凯迪拉克开始缓缓向前挪动，车上的查特曼往客座倾着身。当奥兹左转驶入栗山大道的时候，凯迪拉克已经跑到了路中间，随即轧过马路牙子。此时，叉口旁的公寓楼正亮起灯。

第十三章

　　将近六点，拉塞尔提着一个棕色纸袋，从阿灵顿街地铁站出来，拐入圣詹姆斯街。拐角处的报摊上，一个老头正在解开成捆的《波士顿环球报》。旁边的福特车上坐着两个正装男子，客座上的那位正探出头，伸出左手递零钱。司机一边盯住右拐的拉塞尔，一边对着右手的对讲机说道："各单位注意，我是三号，目标出现。"

　　拉塞尔在穿过圣詹姆斯街后停了下来，等一辆从班戈来的灰狗巴士进站。站外第三辆黄色的士的司机随即拿起对讲机，说道："我是四号，各单位注意，目标出现。目标在人行道上。目标准备进站。"

　　福特车随即驶向下一个叉口，右转进入斯图尔特街，绕到车站后方。

　　车站楼道口，一个身穿浅蓝色制服的警卫背对门站着，对面大厅的窗玻璃上反照出大门的景象。警卫的右耳装着一个助听按钮。

　　拉塞尔走入大门，进了大厅。

　　警卫的头稍稍左倾，嘴角左边朝制服上一个方形微凸低语道："我是七号，各单位集合。"

福特车上的两人随即下车，潜入东门。的士司机守在西门。站前的一辆蓝色道奇车上同时下来四人，两人守住正大门，另外两人分别去东、西大门汇合。戴着助听器的两个行李员也从登记处移步后门。一个身穿白衬衣的售票员从柜台撤出，慢慢走了过来。

售票员从身前经过时，拉塞尔略停了停脚步。售票员继续上前，把睡在长凳上的一个醉汉推醒，接着搀扶着走向东门。等拉塞尔转过身后，醉汉稍微挺了挺身子。

拉塞尔走到西边的行李柜。

守在楼道口的警卫再次命令道："各单位注意，我是七号，目标在西边，目标在西边。"

拉塞尔把钥匙插入三五二号箱，预备开锁。

两个正装男子这时从东门进入大厅。

拉塞尔打开箱门，从里面取出一个棕色纸包裹的盒子，放进自己的纸袋里，然后掩上箱门，左手提着袋子，准备朝出口走去。

的士司机从西门进入大厅，行李员从货物区进入大厅，道奇车上的人以及门口的警卫也进来，慢慢靠近正走向出口的拉塞尔。

正装男子从拉塞尔后两侧包抄，在半步开外的地方迅速擒住拉塞尔的手肘。拉塞尔随即垂下身子。

右边的人对拉塞尔说："缉毒科。你被捕了。"说完举起右手的点四五镀铬自动手枪，用枪管顶住拉塞尔的脸。

左边的人则退到拉塞尔身后，把他的手臂掰过来，左手持一副手铐，铐住他的左手腕，并顺势拿走袋子，接着掰过右手，铐住手腕，把人按到地上，摇了摇头。

拿枪的人继续说道："兄弟，你也太大意了，还以为你忘了是哪个箱子，或丢了钥匙呢。现在你有权保持沉默，但你所说的一切都将做为呈堂证供。你也有权聘请律师，要是请不起，咱们这帮受苦受难的纳税人就帮你请，一定给你请个'大'律师。另外，你这案子还可以申请一个脑部检查，看看里面到底有没有东西。"

"我想打个电话。"拉塞尔说。警员把他推向大门。

"科长办公室里有电话，"警员说，"高档货，国内任何地方都打得通，只要你会打。要是不会，咱教你。不过打长途的话，费用会加在你的传单上。"

"谢谢。"拉塞尔回道。

"先不用谢我，兄弟，"警员道，"要真收到传单，你大概就不会这么轻松了，搞不好就是下半辈子。除非你纽约那朋友认出你的猪脑子，把奎宁卖给你。俗话说的好，不做亏心事就不怕鬼敲门。是吧，兄弟？"

"闭嘴！"拉塞尔怒道。

警员把拉塞尔押出车站。外面已是暮色沉沉。

"闭嘴可不是你的权力，"警员高声道，"是我的权力。但咱先说好，不管什么时候，只要你想说，就说给我听，我保证闭嘴。只要你愿意，咱都听你的。"

"操你丫的王八蛋!"拉塞尔一声怒骂。

道奇车往圣詹姆斯街上绕了个弯，反方向开过来，停在车站前。

警员拿枪抵住拉塞尔前胸，轻声说道:"兄弟，这话我可不爱听。上车下车最好悠着点，嘴巴不干净，可仔细你的腿。明白?"拉塞尔没有出声。"另外，"警员继续说道，"要说你这人，不仅笨，身上还跟畜生一样臭。要是在二十年牢和洗一次澡之间选的话，都不知道你更需要哪个。"

　　　　　　　温柔的杀戮

第十四章

弗兰基坐在阿马托办公室里，骂骂咧咧道："这蠢蛋，傻不拉儿的。知道他打给谁吗？打给我！开头还忘了我搬了家，就打给桑迪，桑迪再打给我，害我无缘无故挨了一顿骂。那会我还和妞一块呢，没办法，打回去，先跟局里报上名字，一般人还不准跟他说话。"

"这倒好，"阿马托说。

"好？这下可有得闹了。想让我过去看他，我回说：'行，拉塞尔，今天我要是去看你，后半辈子我可就捞不到妞了。算我谢谢你，别把我扯进去，跟我没半毛钱关系。早就跟你说过，这事不靠谱，你偏不听。'

"结果这小子竟然说是不是我告的密，我说：'拉塞尔，没人闲着去告你，是你自己告的自己。还我告，我有那个必要吗？你自己凭良心说说看？你丫的想找人出气，尽早往自己脸上撒！'这傻样，非得骂他一句才清净。后来又问能不能保他出来。我说不一定。他自个儿的本钱一分不剩，全丢进去，现在货被收了，等于打了水漂。再说保释金，就他那案底，再加上货量，十万，整整十万！"

"你那就一万。"阿马托说。

"不是，"弗兰基说，"借钱也有个欠条，一厘半厘总得写一写，但他这种人，没门，想都别想。就算写了，我也拿不出那么多。别忘了，我自己也刚出来，哪来那么多钱？我就告诉他，老子最多帮忙找找关系，其余都得靠他自己。还好意思问我？我跟他说：'就算凑齐了钱也没用，你能拿一百，人家就提到两百，反正让你出不去就是了。歇菜吧。'

"说了这么多，那小子竟敢威胁我：'弗兰基，要是你不把我弄出来，我就说你也有份！'"

"好小子！"阿马托叹道。

"呵，"弗兰基说，"能说点啥？他是兔子急了乱咬人，不怪他。我跟他说：'拉塞尔，歇歇吧，别惹你大爷。你大爷我手里的料可多着，老羊偷的东西，你和肯尼卖的狗，还有那保险的事。别逼我出手。'这小子，起不了大风浪，大概是觉得这回搞大了。也怪不了他自己，有人跟我说，他这情况，最多十年八年，但条子估计往大了说，吓唬吓唬他。

"条子嘛，就是贱。跟我谈过的那人还告诉我，条子抓人的时候，常常是一帮人突然围上来，'啥都不用你讲，先把人送到纽约，一路上三四个钟头都他们在讲，不停地跟你讲，到了纽约才会见到法官。条子身上有录音的，告诉你这回栽了，进去就出不来了，玩得太大，肯定不是一个人，接着就问你同伙是谁。'我估计啊，拉塞尔打给我的时候，都吓得尿裤子了。我安慰他说：'知道你要什么，律师我给你找，但我只能帮到这了。'"

"律师能帮他什么？"阿马托不屑道。

"能帮到我，"弗兰基说，"帮我搞定拉塞尔。他说要请迈克·齐纳。"

"迈克？恐怕你搞不定，"阿马托说，"他想不想帮都是问题。"

"操，"弗兰基啐道，"我当然搞不定，没那么多钱，自己想请都请不起呢。再说把他请来也没用。人就他一个，货都在他手里，还能怎么办？给他变没喽？那干脆请魔术师得了。真要请，倒可以考虑考虑托比。"

"谁？"阿马托问。

"托比。你又没碰过毒，怎么会知道？一般为这事进去的，花个千把来块请他，办得不比别人差。条子都认识他。便宜又上手，不乱来，地方上也熟。另外，托比这人不是什么活都接的，我就看中这一点。拉塞尔这家伙，指不定想要什么招呢。"

"你是说他怀疑他那线人被谁动了，才供他出来？"

"对，"弗兰基说，"虽说我不是什么好人，但拉塞尔也别指望用托比来讹我。现在想让我亲自去看他，没门。"

"他现在在哪？"

"查尔斯大街。"

"到时给你消息。"

"行，"弗兰基说，"有情况你就告诉我，反正他的事老子不插手。往后兴许还得找我问话，老子不去。不是埋汰他这人。告诉过他别碰这玩意儿，结果是老羊在帮他的忙。老羊偷了四磅的麻醉药，条子能不起疑心吗？谁会要这么多？这一查不就查到拉塞尔了。其实老羊也没做什么，更何况我了？我谁都不认识啊！"

"查特曼倒认识些人。"阿马托说。

"查特曼？衰货。"

"呵，老实说，你也不是没想过会出事。"

"想过，但之前拉塞尔跟我说的时候，我还真悬着心，生怕这事，生怕这种事落自己头上。当然我不是那意思，不是，呃，是，换做他是好，但也不是说巴望着他进去，没必要。拉塞尔这种人，犯事是迟早的，我早告诉过他。但他那犟脾气我清楚。现在我也真帮不了他，没那么多关系。"

"他赌了一把。"阿马托说。

"是，赌输了就赔进去了。你和我也一样，都在赌一把，也不知道哪天把自个儿赔进去。这次兴许咱逃得过，但想想看，要是换做我和迪安进去了，能打给谁？有谁会真帮我一把，不像我对拉塞尔这样？拉塞尔他为啥打给我？除了我他没人可打！我也一样，万一进去了，迪安有桑迪，我呢？难不成让桑迪给我找一个？找谁，找你？条子等的就是你！咱没别的朋友。现在你想想，你、我、拉塞尔，咱仨是不是在同一条船上？只不过他先落的水，咱俩还硬撑着。"

"操，"阿马托怒道，"这都是你的主意，又不是我和你一起弄的！你要是怕就别做，碍不着我什么事。我只是听你差遣，去那溜了一圈，什么主意都没拿。再说，老子昨天一天就赚了四千，用得着图你几个小钱？"

"哟，转运了？"

"对，都有点迷上了。前几天还不赚不赔，结果周四白天进了一千五，晚上押尼克斯队又进了两千五。尼克斯队要拿冠军了。"

"行了。约翰，你还跟我说过今年冬天会下雪呢，我就赌这个。"

"倒希望你赢。我琢磨着受了这些年苦，现在上了岸，总算开始走运了。"

"我倒琢磨着不上岸，还是做有把握的事吧。"

"呵，做什么？"

"要你看的那事怎么样了？"

"我觉得还不错，"阿马托说，"地方挺漂亮，见不着多少光。墙上有东西通楼顶，上面堆着填料、刷子什么的，还有广告牌，上去的时候可以遮一下。门面是砖砌的，这没事，后边是煤渣块垒的。上面平顶，看上去像是铺的柏油石子，便宜货，容易进。楼两边各有一间杂货铺和眼镜行，眼镜行也可以试试，但要是我，宁愿走楼顶。白天是东北保安公司的人在，那帮人去不了花园球场看球，只能跑到这儿过过毒瘾。至于条子，我还没摸透。东北的人是两三小时轮一次班，他们人手不够。你要是觉得不行就歇了吧。"

"约翰，"弗兰基说，"我的意思，不只是这趟活，也不只是下一趟活，不管什么活，都不能惊着我。就是，唉，我不知道怎么跟你讲？反正就是，我不想有人追着我，你明白吗？不管是保安也好条子也好，谁都别盯上我。"

温柔的杀戮

第十五章

　　黑人女孩挺直后背，颀长的身材一览无余。她背过手臂，在后面搭上文胸的扣子。

　　"头一个，"米契开口说道，"头一个不差，不好也不差，凑活，就看上去有点急。"

　　"哦，"柯根说，"大概来的时候太赶了。"

　　女孩整了整文胸，走过杏色地毯，绕到柯根座椅后面，用左手掌底敲了敲柯根右肩："我的裙子，亲爱的，你坐在我裙子上了。"柯根没有回头，只是身子往前挪了挪。女孩从他身下抽出一条白裙套在身上，踮在地上的脚趾慢慢叉开。

　　"哪儿，"米契说，"不是这意思。如今什么事都一样，人人都混日子，都不好好做事。"

　　柯根一阵嘻笑。

　　"我说真的，"米契拿起座椅旁茶几上的玻璃杯看了看，"没了，你来一杯？"

　　"还早，"柯根答。

　　"早？"米契站起来，身上穿着汗衫和短裤，疑惑地说道，"这都下午了!"

"还是早，要喝你自己喝吧。"

"行，自己喝。"米契说着朝浴室走去。

女孩又挺起身，预备拉上裙子的拉链。

她走到柯根面前，背对着弯下腰，问道:"亲爱的，能帮我拉一下吗? "

"不能。"柯根拒绝道。

浴室里响起冲水声，米契在里边说:"大炮跟其他事没啥两样。"

"臭男人，"女孩直起身，转过来看着柯根，啐道，"寻我开心是不是? "

"我从来不寻女人开心。"柯根冷语道。他朝浴室方向侧着头，喊了一句:"出来寻开心了。"

米契从浴室出来，杯子里装满棕色的掺水威士忌，说:"现在找不到正经做事的人了。找一个谈好价，跟你答应得满满的，来了之后却磨磨蹭蹭，只给你做个半吊子。"

女孩背对着米契说:"亲爱的，帮我拉一下，你那好哥们手高得很。"

米契拉上拉链，接着说:"但钱他们全要。不是跟你开玩笑，真这样。给一半不答应，一定全要，"米契走回座椅，啜了几口威士忌，"活倒只做一半，想想就来气。"

163

女孩往床沿上坐下，拿起红鞋预备穿上。

柯根不屑地说："你还好意思在这儿怨别人？之前连着三天玩疯了的是谁？"

"那花的都是我自个儿的钱，"米契辩解说，"我掏的腰包，我想怨谁就怨谁。有个叫波丽的妞你认识？"

女孩站起来，捋平身上的裙子，朝米契问道："亲爱的？"

"柜子，"米契答，"钱包在柜子上。"

女孩扭着大屁股，走了过去。

"谁都认识。"柯根答。

"你叫来的妞也这么说。"米契接道。

女孩拿起钱包。

"这里面有一百七十三，"米契说，"待会儿我拿过来的时候，应该还剩一百四十八，懂了没？"

"懂——了——"女孩一边应着，一边取出钞票数了数，把多余的塞回去，接着放下钱包，从柜子上取下亮红色的女士挎包，把拿的钱装进去，顺便问了一句："亲爱的，没小费？"

"没有。"米契答。

"可是，亲爱的，"女孩无辜道，"你又不是不知道，我刚拿的这些都要上交的，我自己总得留一点？"

"没有。"米契重复道。

柯根说了一句："你还真是抠。"

164

"别理她，"米契喝了一口，说，"这会还是下午呢，小娘们。我说，小费是不是特好赚，嗯？亲爱的。"

"比坐班干文件归档总要好，"女孩答。

"这我倒不知道，"米契说，"我没干过。"

"呵，"女孩说着往门口走去，"有时候也没好多少，但多数时候吧。就像遇到你一个老头，总是泻得快一点。"说完，她打开门。

"这可不一定，亲爱的，"米契说，"就冲你刚才这句话，有些老头一会儿能把你给做了，信不信？"

"天呐，"女孩站在门道上应道，"我怎么知道，难不成还让我射出来？"

"要是你能射的话，"米契说，"但恐怕射不出来。"

"操！"女孩怒骂一声，摔门走了。

"叫她来的时候，我满脑子也是'操'，"米契道，"哎，我说杰基，波士顿这地的妞不好搞啊。就刚才那妞，我差不多是劝她上床的，那个波丽也一样，只肯让人吹她那儿。我就问她：'叫你来是想操你，你不就是给钱让人操的逼吗？'"

"不是，才不是，"柯根连着回道，"问谁谁都不会说是，我也一样。"

"但你没说，"米契道。

"是你没问。波丽不是我给你叫的吧？应该还可以，老鸨说还可以的。"

"也就那样吧，动不了真格。我跟她说：'吹你？你到底要哪一出？老子找人是来玩的，现在谁玩谁呢？'但说了也白说。你挑她，逗她，用手操她都可以，就是进不了逼，最后，他娘的，给我一个口了事！"

"那应该口得不错。"柯根揶揄道。

"要是你猴急着想干，口得再爽也没用。她还说，就自己这活，搁别的男人那，一晚上起码两三百。她吹牛逼吧？"

"大概以前吧。"柯根道。

"还以前，我看呐，你们就一群傻帽，有这么放妞走的吗？"

"兴许她怕染上病。"

"噢，这也行！算了，反正这妞身上我是亏了，她要是都这么守着，等以后老掉了牙，估计都成世界奇迹了。但我是指望不上了。跟你说老实话，"米契喝完酒，"自打从佛州回来，我就没上过一个好妞。"

"佛州的那个，是真稀罕。"柯根说。

"香妮，小妮子，"米契说，"我走了之后，你上了她是吧。"

"米契，"柯根正色道，"那晚我和狄龙过去的时候，她和你在一起；我俩走了之后，她不是还和你在一起？你在那待了，待了多久来着？"

"三周。"

"三周，我在那五天，中间五天，我哪儿来的机会？"

"不清楚，"米契拿起酒杯说道，"又没了，"接着站起来，"你确定不喝点？"

"还没到时候。"

米契进了浴室。里面随即传来玻璃、冰块的碰撞声，却没有水声，接着只听米契说道："是赛米。"

"底特律的赛米，"柯根问，"就那意佬，长得不错的那个？"

"人家是犹太。"

"哦，我没别的意思。"

"没事，长得是像意佬。要真是意佬还好办，偏偏是个犹太。本以为认识他这么多年，没想到会在窝边下手，狗娘养的！"

浴室里响了一阵水声后，米契端着另一杯掺水威士忌走了出来，左手背在嘴角擦了擦，说道："怪我笨，临走前一晚和妞吃饭碰见他，就介绍他们认识，当时心里还堵了一阵，你知道为啥？"

"不知道。"

米契坐下来，把杯子放在茶几上，说："我知道。我在的时候，她在陪我，可要是我不在，但你在，她就陪你。"

"她陪的怎么是我？"柯根不解。

"不是说你，"米契解释道，"我是说任何人。任何人去那妞都陪。要是走了，她就不陪你了。"

"哦。"

温柔的杀戮

"懂了吧？我说的是这意思。去年在佛州，我花了……想想，我在那两周，不，三周差不多，一共几个晚上？"

"二十一个。"

"不对，反正我把她全包了，一共十四晚。你知道花了多少钱？整整三千！"

"三千，那倒真得好好操一把。换做是我，甭管人家逼咋样，三千我是不会拿出手的。"

"我没事，那会我还在帮会，里头的人都会照顾一点，没什么难缠的。你懂我意思？那会钱是小事，多给就多给，又不是粘上妞了，不过是出来玩玩。"

"但妞确实不赖。"

"那还用说？赛米，丫的混蛋。你记得见她那晚，她穿了什么？"

"老实说，我没怎么注意，该穿啥穿啥，黄的吧大概，露的挺多。"

"是露得多，"米契说，"赛米来的那晚，她穿了一件灰的，像是丝绸，灰丝绸，后面整个背都露出来，奶子又那么大，真他妈的有料。我操了她十几个晚上，但那晚看到她还是想，下面硬到不行，十头牛估计都拉不住。然后赛米来了，我介绍两个认识，他问我来干嘛，我问他来干吗，问来问去，我也没太在意。当时正在喝酒，我就让他坐下来喝两杯。没多久我出来上厕所，上了好长时间。下面那货翘得老高，我都差点要倒立了，不然全尿自己嘴里。但没办法，还是得乖乖尿进槽里，眼也不能眨一下。其实想想那几天，真是累得皮都不剩了。香妮功夫好，操完直接瘫在那起不来。但再怎么样，那是最后一晚，她也用不着再陪我，反正我吃完就走人。兄弟，不怕你笑话，要说妞，天底下什么妞我没上过？"

"光这几天你就上全了，"柯根道，"你来波士顿几天，三天！听说已经操遍了。"

"我喜欢，没别的，就是喜欢，像长在我脾性里一样。在家的时候啥也做不了，最多一年去看一次比赛，顺便玩一玩。再说，今年怕是去不成了。"

"我是不行了，没那个精力。你身体看上去还像回事，我是老了，连操三天等于玩命，我做不了。"

"我跟你这么大的时候，想得也一样。"

"就是，人总得正经干活。"

米契喝了口酒，说道："以前我也这么想，后来不知道啥时候开始就这样了。头一次去佛州开房，那会正好和玛吉闹别扭，等她发现的时候，我俩大吵了一架。后来问她，她就说自己喝多了，见我去了佛州心里不痛快。反正不是她喝多了，就是我喝多了。但兄弟，我现在把话撂在这，你想玩，就出去玩，天底下没有比犹太妞更爽的逼了。"

"好，我记着。"柯根应道。

169

"我还认识个妞，原先在欧柏林念大学，现在退学了，你想不想？"米契说着又啜了口威士忌。

"你能行吗？"柯根说，"明天还是明天晚上？"

"行，现在就行，"米契有些不耐烦，"先让我把话说完，那妞退了学，出来卖。凡是这种货，上来就直接玩真的，知道不？还有那妞功夫，真不是盖的，那才叫做一行懂一行。香妮还差一点，除了年纪比我老婆少一半，她会的那些伎俩，我老婆要是知道，准会上警局自首去，不开玩笑。

"回到香妮那，"米契接着说，"好不容易上完厕所出来，撒了酒气，也没尿自己身上。香妮和赛米还在喝，赛米装得挺正经的，陪了会酒就走了，我们也吃完饭。可我下面还硬着，硬到都可以撑竿跳了。我就带她上楼。三千，怎么说都不便宜，但香妮值，确实值。十四天再加一晚，三千，他妈爽翻了。当然嘴上我没跟她这么说。"

"米契!"柯根试着止住他。

米契没有搭理，继续往下说："隔天起来又硬了，但十二点半我得赶飞机，就很快射了。但即便这样，也比操十次其他的娘们爽。过后我下楼取钱，把剩下的账结了。瞧好了，去的时候先给一半，完了之后再补上。我跟她说我很满意，真的，十几天都跟我关一起，没碰别的人，不容易。妞说：'没事。'没事，付了钱就什么事都没了。赛米还在等她呢，又是两周，有他爽的了，丫的混蛋。"

"听着，"柯根逮着空说，"待会我还有个人要见。现在要给你找个助手，带你出去看看。"

"我不出去。"

"我不是说去逛，"柯根有些恼怒，"你来这是有正经事的，该干活了。我先过去看看，看那小子能不能自己出来，不用他兄弟帮着，要是可以的话，我把人带过来，咱合计合计。"

"行。"

"好，你说好，可我这麻烦大了。今晚上你没法动手，那小子会怎么想？他什么话都跟自己兄弟说的。"

"行了行了，人在哪，把他找来，咱合计合计就得了。"

"你呀，接下来做什么我会告诉你。现在给我上床睡觉。"

"我不困。"

"还说不困！"柯根怒道，"赶紧给我躺着，现在是两点半，七点半的时候我叫你，到时最好能给我起来。要是不起来，别怪我告诉条子，把你拎回去。"

"行。"

"还有，什么妞啊、酒啊，都别找，别给我整这些乱七八糟的。赶紧洗个澡睡觉，晚上等你起床干活呢，听见没有？"

"老子才不听你的！"

第十六章

司机关掉风暴车的引擎，等柯根从柯荣公园旁的铁轨穿过来。上了车之后，司机开口道："我这人不喜欢给别人添麻烦，但以后你要是能用电话和我聊，我这边的麻烦倒会省不少。现在的投币电话谁都可以用。你要是愿意，单单我们州府那就有两三个号码，有事的时候先告诉我是哪个，我过去接就行了。像这样跑来跑去，冻得鼻涕流水的，真是受够了。我家里老婆还病着，一个孩子也病了，外头生意又不好，这还不够，过些日子没了天气，今天难得一个像样的周六，本来约好打高尔夫的，却被你叫出来。你看看最近，我除了爽约还是爽约，全是为了跑过来跟你说几句话。"

"跟上头说说，艾伯特，"柯根劝道，"听上去得给你加工资了。让我跟上头联系联系，帮你说几句好话。"

"多谢你费心。现在既然来了，有什么坏消息好消息，都说来听听。"

"嗯，咱好像有点小麻烦。"

"又有麻烦？咱不该有麻烦，什么麻烦都不该有。要跟上头说的我都说了，要我们做的也都做了，大小都没问题！哪儿不满意，你倒说一个来听听。"

"不是不满意，只是有些事没搞清楚。"

"说。"

"米契不行。今天晚上我本来都计划好的，阿马托这边已经知道去哪了，另外那小子的动向暂时还不清楚，但天黑前能定下来。阿马托是定的。顺利的话，咱原本可以一枪打俩，再不济，大胖鼠这个头头也能拿下。可现在，米契不行。"

"人是你要的，当初你和狄龙都说要他。这趟活你做不了，狄龙更做不了，我们才听你的把他找来。"

"人的确是我们要的，但我们不知道他现在混成这样。要早几年，他绝对没问题，现在，现在是屁都不值。"

"怎么不值？"

"头一件，他在马里兰犯了事要坐牢，时间不长，可他怕老婆跟他离婚。从他说的情况看，离怕是离定了，就算不离，这牢也坐得不舒坦。"

"这跟咱有什么关系？"

"乍看是没关系，但有一点，除了马里兰，他去别的任何地方都要打报告。这回来波士顿就没打，怕得要死，整天待在屋里不出来。条子万一知道了，立马得把他提溜回去。现在人还在酒店里鬼混呢，见着逼就操。"

"当初答应叫米契的时候，上头还特地嘱咐过，说最好想个办法让他乖乖待着，别到处乱跑。如今这情况，他到底是出不出来？"

"咱想让他出来他就出来，"柯根道，"但没这个必要。好家伙，一来就让我找妞，我是给他跑腿找妞的吗？这还不算，本以为找一个就够了，一个电话，那边送妞过来，漂亮。但他倒好，反过来跟妞打听，自己另找了一帮！这帮妞还不是什么劳伦斯那儿大老远来的，全他妈是老婊子熟门熟路，嘴巴又多，搞得大伙都知道他在城里，这不坏咱事吗？我本来是让小子去找个雏，越不熟越好，结果找到波丽，还是米契告诉我的。你说波丽这婊子，地方上谁不知道。更要命的是，米契竟然跟她吵起来了，那妞可是警察的熟人。"

"他疯了吧他？"司机惊讶道。

"做人呐，总有个限度，老家伙明显玩过了头。前几天刚见面的时候他就喝了不少，问他咋回事，他就说自己怕飞机，前一晚睡不好，下了飞机要喝一点才能睡。我说那行吧，人看上去也挺操心的，要做啥就随他做啥。

"后来过了三天，"柯根说，"这三天除了玩妞，他就光顾着喝酒。刚我走的时候还醉着呢，都两点半了，跟一个不知道哪儿来的妞吵嘴，说胡话，什么事情年月都记不得了，醉得不成样子。我骂了他几句，老家伙脱了衣服就要打，嘴巴里没一句干净的。"

"你跟狄龙说过吗？他现在咋样了？"

"跟我说昨天出去逛了一圈，强健了不少，晚上又好好吃了一顿，看了会电视。米契的事，他跟我想的一样，要再不动手，非得闹出什么事来。又是酒又是妞，这群婊子迟早会听出风声。咱早该送他回去了。"

"你自己请的，你自己送回去。"

"我送不回去，"柯根说，"他现在丢了饭碗，缺钱，急着等用。我去说他是不会走的，任何话他都不会听，除非真醉了，稀里糊涂不知道做什么。这会估计还醉着呢。"

"要我出面，我今天去不了。"

"不是要你出面，我在想，干脆让条子抓他得了。"

"告密？供咱们出来咋办？"

"要是怀疑我的话，可能会供出来。但咱不这么做。我认识一小子，他那有个妞，专会给人闹事，要打要吵都来真的，能把条子都招来，嫖的人都巴不得她快滚。我觉得她倒挺合适。我之前跟米契说过，要开工了，让他别玩妞，但他醉成那样，估计都不记得自己有没有叫过妞。要真不是自己叫的，他保准和妞打起来。再说他住的这家饭店，虽说客人的事他们不管，但至少人家也是上档次的地方，打打闹闹他们是不会不管的，何况还是婊子在闹。这么一来，米契被抓只是顺道的事了，保释也没了，该滚哪滚哪去吧。"

"难为他了。"

"算不上难为他，相反对他来说是好事。照现在的情况，他迟早得把自己坑死。进去的话，吃再多烤土豆也没事。再说，他要是还在外面混，咱都得栽在他手里。"

"那上头还得跟米契那边的人谈谈。"

"艾伯特，这事得让他们知道？"

"我去跟上头说。"

"想说你就说吧，让上头自己拿主意。"

"好吧，你先就这么做吧，接下来对付阿马托。"

"阿马托这边，我想自己来。"

"不是说你不行吗，他认识你？"

"认是认识，他还知道另一个小子，帮忙抄牌局的。他这两天的动向，我估计那小子心里有数。"

"那小子能行？"

"我这不等你传话嘛，"柯根说，"我想过，法子倒有一个。"

"他到底行不行？"

"哎，难说。"

"不是开玩笑，是吧？"司机说，"这可是正经事。"

柯根盯着司机，说："就一会，一会就好，马上搞定。你去跟上头传话吧。"

第十七章

卡纳比街口第一家酒吧的楼下，弗兰基正仰靠在曲木椅背上，无聊地望着谈天的女服务员。将近黄昏，客人陆陆续续地进来。

柯根把起球的绒夹克往衣钩上一挂，就着弗兰基旁边的位置坐了下来，点了一杯啤酒。

"喜力？"酒保问道。

"嗯。"

"瓶装还是扎啤？"

"哪那么多废话，扎啤！"柯根不耐烦道。

一旁的弗兰基插话说："他们就是话多。"

"矫情，早知道会碰上这样的，就不进来了。"柯根说道。

酒保递来一满口的磨砂杯。

"我倒是会来，"弗兰基说，"这家老板也不知道从哪弄的妞，个个出挑，整个波士顿都比不上，我反正是每天都来。"

"这我知道。"柯根应了一句。

弗兰基回头瞅了瞅旁边的陌生客，问道："你是谁？怎么没见过。"

"没说你见过，也没几个人见过。我就一路人，今天是头一回来这。"

"来干吗？"

"来找你，"柯根说，"找你聊聊。听说你跟人讲过自己常来这，差不多就这时候，来练练胆量，看能不能搭上个妞。我就过来瞧瞧，就这样。"

"听谁说的？"弗兰基问。

"听一个人说的，还是你朋友，知道一点你的情况，说在哪能找到你。其实也不是他亲口说的，是他先告诉另一个人，另一个人再传话给我。我之前跟你那朋友打听来着。"

"什么朋友？哪个朋友？"弗兰基继续追问。

"坦瓷。"

"从没听过这名字，"弗兰基回了一句，随即喝完酒准备起身。

柯根伸出右手搭在弗兰基右臂上，劝道："你要这么说，坦瓷可不得懵了，懵傻了都。对，没错，是他，他可惦记着你呢，知道不？你那一帮朋友都惦记你，特别是坦瓷，一定要让我来见你跟你聊聊。我是怕打扰你，知道吧？他们问你有没找到地方安生，我替你回说：'好像还不错，用不着过去，去了还打扰人家清净。'我是不是说得没错？你是找着地方了对不对，弗兰基？"

"对，"弗兰基答道。

"在新罕布什尔南边？"

178

"差不多。"

"应该是诺伍德吧，干吗去那？有生意？"

"不知道。"

"放轻松点，弗兰基，"柯根说，"你想想，就坦瓷现在这情况，哪儿也不许去，要是他想让你帮个忙跑个腿，你得帮啊是不是？他就咱这帮朋友靠得住，心里要是惦记谁，咱就得替他问候谁。这种小事都做不好，咱以后没脸见他。他这人你是清楚的。"

弗兰基慢慢往后靠回去。

"来，再来一杯，"柯根继续说，"瞧这帮娘儿们，叽叽喳喳的，你怎么受得了？当然，人做事总有个缘由，你好像是弄了辆车是吧？"

"嗯。"

"我教你个法子。"

弗兰基没有应声。

"前盖进风的车，刚出来的时候我就弄了一辆，你现在入手的也是这个吧？"柯根问道。

"哎，得了，"见弗兰基还是没反应，柯根无奈道，"我知道你那辆是 GTO，前盖进风，别藏着掖着了行不？"

弗兰基微微点了点头。

"这车有问题，"柯根接着说，"过段时间，大概到一月份天冷了之后，车就跑不动了。引擎没事，能启动，但就是跑不了，甭管使多大劲都不行。要是天再冷点，到零下七、八度，那引擎也不好使了。

"怎么办？我教你，"柯根说，"把进风口包起来。我那辆是单孔分鼻的，你的是双孔，问题应该一样，到时也开不起来，两个孔都要包，把口包上就行了，不然引擎不会热，除非你一下子加到九十迈，但那样阀门就断了。至于怎么包，我之前是用封口纸贴在出口上，看上去像狗皮膏药，但管用。知道了吧，封口纸。"

弗兰基点点头。

"明白我的意思吗？"柯根问。

"嗯？呃……没。"

"你那帮朋友，他们都担心你呢。听说，药上你也掺了一手？"

"操，没有！"弗兰基笃定地答道。

"哦，那就好，这东西可得仔细着点，你不是才刚出来吗？一个月？"

"一个半月。"

"嗯，抢劫，是吧？"

"对。"

"这就对了，不碰药就对了。条子就这样，你一旦犯过事，以后但凡差不多的案子出来，都要把你拉过去查个遍。这回出来，你觉得条子知道吗？"

"不知道。"

"嗯，知道也不会把你怎么样，你现在又没犯法，对吧？"

"喝喝酒，泡泡妞，不算。"

"不算，"柯根同意道，"这些都不算。但要是碰上药，你没干别的也会被弄进去。"

"知道。"

"好，很好。你那帮朋友也真是白操心，瞧瞧，自打进去后，你成熟多了。"

弗兰基白了一眼柯根，道，"成熟多了？我在里面待的这几年，狗都可以活一辈子了。"

"也是，那换句话说，自打出来后也成熟了不少。"

"呵呵，总算破了处。"

"行啊，小子。感觉咋样？"

"不太好，说实话有点糟。那妞明摆着是从小被操到大的。我自个儿也不熟，废话一箩筐，完了之后妞就骂我太烂。但我觉得不会就这么烂下去，里头肯定有什么道道，不然咋那么多人爱干那码子事呢？"

"有这想法是对的，"柯根叹道。他下意识地噘起嘴巴，发出"嗞嗞"的声响，接着说："唉，真是不巧，我要是早点见到你就好了，坦瓷跟我说的时候，我就应该立马来这儿给你介绍个人，他知道不少妞，都极品，让你爽个够。可惜人现在死了。"

"是吗？"

温柔的杀戮

"嗯，真是不巧。估计你看过报纸，前两天被人蹦了。马克·查特曼。老好的一个人，凡是跟泡妞有关的，他要是说不知道就没人知道。"

"那这回是泡错妞了？"

"大概吧，都差不多，但得罪了人是肯定的。没得罪人谁还闲着去蹦枪子儿啊？得罪人才吃枪子儿呢！现在这世道你得当心着点，做的这些事，自己看着没错，不保证别人就看得顺眼，不然会死得很惨。瞧瞧坦瓷，嗯，是吧？老实说，你跟坦瓷认识多久了？"

"坦瓷？十来年吧。"

"哟，挺长的吗。那你该知道外头传的事吧，年前的时候？"

"嗯。"

"嗯，"柯根道，"既然你跟坦瓷熟，你应该知道，外头说的都不是真的。他要是敢背后使诈，铁定是吃屎了。可问题是有人敢。有人动了歪脑筋，在外头故意编派他，大伙也笨，都不去弄清楚，只知道在那乱说，结果最后都指着坦瓷骂。可人家啥都没做！

"后来，坦瓷也算聪明，后来他觉得在里面肯定不行，得找人帮忙，就申请了保护令，换到了这，跟外头通上话，外头派了人进去。坦瓷告诉他：'外头要再这么编派下去，我就死路一条了。但我不能坐着等死，我得救自己出去。从今起我打算把该说的都跟上面说了。我也不想这样。'那人听完后，出来跟大伙商量了一下，不

182

久坦瓷就没事了。瞧见了没，坦瓷是聪明人，知道怎么保护自己。但马克呢，除了妞，他啥也不知道。"

"保命哪那么容易，"弗兰基叹道，"谁知道自己会惹上谁？难。"

"嗯，但也有例外。这个马克是开牌局的，之前牌局被抄了，你知道？"

"好像听说过。"

"哦，"柯根应了一声。他喝完酒，跟酒保再要了一杯，接着问弗兰基："你也再喝点？"

"不用了。"弗兰基答。

"好吧，"柯根接过杯子，啜了一口，擦了擦嘴，赞道，"不错，我一直就说啤酒还是冰的好。咱回到马克，他那牌局开了有些年头了吧？估计大伙记事的时候就在了。其实早前他还开过一家，但也被抄了。你知道谁抄的吗？他自个儿抄的。"

"说不定这次也是。"

"外头挺多跟你想的一样，我也确实听过，但这他妈的全是乱扯知道不？真是气不打一处来！跟你说，马克这人我算认识，但也就联系过一两次。照说他犯了事，用不着我出面洗白。他和我啥交情？没啥交情！他能听我的吗？但出了事之后，我觉得，我真觉得，当初该替他说说两句。马克这人太精了，这种把戏用过了怎么还会用？外头传的都他妈假的。但问题就出在这。要是明摆着知道有

温柔的杀戮

人在乱说，你够聪明的话，就该跟坦瓷一样自己想想办法，也不至于背后乱搞的那人到处拉拢，把自己往死里整。外面的世道乱着呢。

"弗兰基，"柯根向他侧过身，接着说道，"坦瓷那帮人为啥这么担心你？其实就这个道理，他们甚至不知道你出来后长了多少心眼。但总之，你旁边缺个人，缺一个可以提拔你的老手。"

"对。"弗兰基应道。

"教你怎么保命。就像我一直说的，你做了什么不重要，重要的是，别人看到你做了什么，这才是你要上心的地方。等万一出了事，你心里也好有个准备，知道怎么办。"

"嗯。"弗兰基又应了一声。

"那，"柯根放低了声音，问道，"明晚他去哪？"

"他？谁？"

"约翰·阿马托，"柯根答，"明晚他去哪？"

"不知道，"弗兰基有些心慌。

"弗兰基，刚才我跟你说的这些，你可记住了。那帮朋友可担心着你。还想不想玩妞？他们可都看着呢，看你能不能把握机会，懂我意思吗？是你朋友，是他们想知道大胖鼠到底要去哪！"

"今天你我可是头一次见。"

"新朋友最好。你那老朋友不可信，看看，以前他给你弄了多大的麻烦，要不是他，这么长时间你早就搞到正经妞了，哪轮得到现在荒得自己蛋疼？”

“但我跟你不熟。”

“没人跟我熟，坦瓷兴许算一个；还有狄龙。今天我看见你，觉得你算聪明。要真信不过我，我就给狄龙打个电话，想问什么你尽可以问他。但话说在前头，你就是问也问不出啥。但要是确实想问，我就打电话，咋样？”

“不用。”

“那行，那你告诉我他去哪。反正这一秒不知道，下一秒你也会知道。”

“我不知道，出来后总共就见了三四回，平时去哪我怎么会知道，再说还是大晚上？兴许就回家呗。”

“行，”柯根喝完杯子里的酒，“那回见，弗兰基，我的朋友。”说完准备起身。

“等一下，”弗兰基突然喊住他。

“有些事可等不了。既然你说不知道，那我就当你不知道。但我还是会想办法，总有知道的人。”

“你问约翰明晚去哪？”

“现在又多了点别的，比方说你后天去哪，是不还来这？三点半，喝四杯酒，晃荡一圈，再去小丑餐厅吃个饭，顺便看看有没有妞，玩到半夜一点再回家？我说得对吧，后天你是不是这安排？要不是的话，我还得再等两三天？没事。只是觉得，你要是能给我省

185

时间，那最好。"

弗兰基没有吭声。

柯根从座位上下来，两手放在椅背上，说："听着，你最好看清楚点。那家伙我知道，你脑子怎么想的我也知道。你还把他当朋友是吧？你俩现在还有新安排，对不对？"

弗兰基依旧没有吭声。

"哼，你心里怎么想的我知道。你以为查特曼那件事，算是成了是吧？"

弗兰基继续沉默。

"这种事，我告诉你，小子，这种事没一件成的。像大胖鼠这种人，精着呢，脑子里什么鬼点子没有？想让他安安稳稳坐下来把事情办妥，做梦！他就不是这块料！永远都是急急忙忙赶鸭子上架，到最后肯定得砸，你在旁边也躲不了。"

"查特曼不是已经被教训了吗？"

"教训他的事多了，犯了事得教训，没犯事同样得教训。这不是重点，重点是，你会不会被教训。这才是他妈的重点。"

弗兰基点点头。

"你，是不是少数几个知道底细的？"

"我不知道。"弗兰基答。

"你知道，"柯根厉声道，"你明明就知道。两条路，一条被教训，一条不被教训。你这会儿走的路，你自己清楚，教训就他妈时间的问题，到时先灭了他，再轮到你。"

弗兰基没有做声。

"但现在情况不一样，你还有得选。天底下就没几个人有这机会。"

弗兰基还是没有做声。

"弗兰基，别以为我在唬你。"

"够了，"弗兰基开口道，"你以为你谁呀？啊？我这辈子从没见过你，突然你跑过来跟我说这些，我他妈能知道什么？兴许你根本就是来捣蛋的。我啥也不知道！"

"你，"柯根无奈道，"你说这话我可听不下去。坦瓷还说你不错，不错个屁，你等着吧。"

"我……我就是不知道。"

"那我问你，你仔细想想再回答。我这会要是去沃勒斯顿找他，就这会，我开车过去，问他说：'大胖鼠，到底是谁干的，你还是弗兰基？'你觉得他还会动脑子想吗，啊？"

"不知道。"

"你个傻叉，傻成这样，难怪会坐牢。真他妈大！傻！叉！你有点脑子行不行？"

"听着，你听着，我……"

"听什么听，啥情况我知道了，我现在得找个打手。"

弗兰基的嘴巴动了动，但没有说话。

"人要合适。之前跟人说的时候，我说：'这事有两个法子。一、两个都归我，但基本比较难；二、我只弄一个。'他们不同意，最后咋办呢？坦瓷。坦瓷跟我说你这人中用。其实我一直看好他自己，原本也可以用，但他不愿意，就说你行，办事妥当，跟我保证说你一定行。他自己最多只能过来一趟，真的忙帮不上。"

"是帮不上。"

"我可以，虽说没必要，但要我帮忙是可以的。现在选吧，小子，就现在，看看到底我是该帮坦瓷呢，还是不帮。我反正是没事。"

"再让我想想。"

"别想了，帮还不帮，快点，我得走了。"

弗兰基大叹了一声，说："我不知道，我不知道该不该说。"

"你还有别的路可走？"

弗兰基犹豫了一下，说："不。"

"这不就成了？"柯根说，"你做了选择，说明你知道。"

"要我做什么？"

"搞清楚他去哪。"

"这我知道，他之前问我去哪，说自己先去个地方，到时给我电话。我知道他去哪，他钓了一妞。我跟他说我会待在家。"

"家你是待不了了。"

"待不了？"

"嗯。"

"那……"

"跟我一起，去他的地方。"

"操，不行。他看见我就完了，要是看见我，他肯定会猜到哪儿不对劲。不行，我就告诉你这么多，他是我朋友，我不能跟过去，我不能那么做。"

"好吧，这是你做的第二个选择。"

弗兰基盯着柯根，柯根没有反应。弗兰基问："真得这样？"

柯根点点头。

"我，跟过去？"

柯根又点点头。

"我真得跟去那？"

柯根笃定地点了点头。

"但，我去了也没用啊，你随便换个人都可以，不是吗？干这行的，找一百个都有，哪轮得上我。"

"错，"柯根应道。他把手放在弗兰基肩上，说，"你脑子里想什么，我不是不知道。但这事不一样，还有一部分是你的责任，是你做错了，现在你就要负起这个责任，给大伙看看做错了要怎么改。要不然，就会有人像对查特曼那样对你。查特曼可从没做对过。"

弗兰基最后点了点头。

第十八章

　　弗兰基驾驶着克莱斯勒豪金版德斯特轿车，快速穿过挂着橘黄色灯笼的拱门，开进了斯图亚特庄园弯曲的车道。庄园里的房屋都是两层楼，一楼装饰着竖格红木杉板，二楼一半木墙，一半粉刷。停车位上停满了大众、科迈罗、野马、巴拉丘达等车。每栋房子的门口都装着马车灯，发出昏黄的亮光。

　　"靠，"柯根骂道，"总算到了，意佬他妈的豪宅。"

　　伴着轮胎的摩擦声，车子绕过弯道，来到第三幢房屋后面。弗兰基开口道："这儿都是单身公寓，想泡妞，住这最合适。"

　　"泡妞？这一路开到新罕布什尔，我他妈早泻了。"

　　"不远不远。其实我原来也和你想得一样，但有一回约翰忙，叫我把妞送回来，开了一程也不觉得远。"

　　"我觉得远。从这就看出来，他不是啥好鸟。"

　　"妞住哪他又管不着。"弗兰基帮忙辩解道。他把车移进空位，熄掉引擎和车灯。

　　"他管不着，"柯根重复道，"也对。"

　　"杰基，跟你说他人不错，真的，真不错。"

柯根整个人耷拉下去,绒夹克拱起来包住了脖子。他闭上眼,说道:"大伙都不错,都是好人,就是脑子多了点。"

"对我来说没事。"

"没事?你那六年牢是替谁坐的?"

"那又不是他的错。"

"傻子,"柯根叹道,"要是哪个家伙想犯事,结果把一帮人都弄进去,那就是他的错。道上的规矩,懂吗?"

"跟你说了,不是他的错。"弗兰基极力辩解道。

"那就跟你没关系。要是他没错,你现在做的也就没错。"

"人家又不是成心的。"

"这就不是成心不成心的事儿。"

窗外驶过一辆蓝色越野新星。

"是他们?"柯根问。

"不是,约翰那辆是别克蓝湾。"

"我知道,我是问你那车上是不是他。"

"不是,他们过来我会说的。你错怪他了。要知道,坐牢这事他遭的罪比我多,他还有老婆孩子呢。"

"反正现在不用他进去了。"

"法庭上他可是全担下来了,其实原本应该怪我们的。"

"老实说,他是怪你们。"

"没有,他从没怪过。"

"可能只是除了你，其他人就难说了。"

"什么意思，什么难说？"

"你做事，他清楚，什么会做什么不会做，他心里都有数。"

"哪里有数？"

"博士知道吧？"

"嗯，知道，狄龙说他死了。"

"你什么时候和狄龙通过话？"

"不是狄龙本人，是约翰，约翰说狄龙告诉他博士死了。"

"确实死了。"

"这不就得了。你、约翰、狄龙，你们一帮人都说博士死了。有什么大不了的。"

"是大胖鼠说他死了。"柯根重复道。

"是狄龙告诉他，博士死了。"弗兰基补充道。

"丫的，混蛋。"

一辆棕色福特玛锐开了过去。

"不是他，"弗兰基接着问，"他怎么混蛋了？"

"博士的事，他自己知道，知道得清清楚楚。"

"他自己怎么知道？"

"是他花钱叫了人，五千，把博士干掉的。"

"胡扯！"

"他那老婆叫什么来着？你让我介绍过的，戴金耳环的？

康妮。"

"嗯?"

"她付的钱,买了博士一条命。你以为人没死他会交钱?"

弗兰基没有答话。

"他干吗弄博士,你应该知道吧,弗兰基?"

"嗯,知道。"

"嗯,博士捅了篓子,做了不该做的事,就为这个。"

"对,他是捅了大篓子。"

"那现在大胖鼠也一样。"

"不一样,完全不是同一回事。"

一辆红棕色雪佛兰蒙特卡洛开了过去。

"当然是同一回事,"柯根说,"博士一粒屎坏了一锅粥,结果被踢了;现在你们俩就是那颗屎。你们以为有查特曼挡着,就逃得掉吗?"

一辆赤色福特卡普里开了过去。

"照我说,只要犯了事,甭管是谁,都逃不掉。查特曼也一样,还以为自己没事呢。"

"他是没事,上一次就没他什么事。"

"对,就是这意思。躲得过一次,躲不过两次。"

棕色的别克蓝湾从车后驶过。

"是他?"柯根问。

温柔的杀戮

"没准。"

"你有准，没准的话你人干吗紧绷成这样？"柯根说着睁开眼，朝窗外看出去。别克车在不远处停了下来。

"他要多久？"柯根问。

"不清楚。"

"丫的，我可是好声好气在问你。听着，他俩是在这儿操，还是在别的地方操？"

"妞和人同住的，约翰有朋友在黑弗里尔开了家旅馆。"

"嗯，那就说他现在只是送妞回来，"柯根说道。他专注地看着窗外，别克车门打开，露出一条白花花的大长腿，阿马托随即出现在阴影里，绕过车后，扶着妞下车，然后关上车门。

柯根两手往车底一探，拿出一把温切斯特半自动五发猎枪。他把枪放在膝上，用右手扶着，左手拔出了车钥匙。

"嗨，"弗兰基不解道，"我说，待会儿还得开呢，不得接应你啊？"

"知道，但待会儿有大动静，有些人心里没底，一听到动静溜得比啥都快，到时丢我一人站这儿喝西北风啊。"

阿马托扶着妞走到门口，柯根死死盯着。

随后德斯特的客座车门打开，露出内灯开关上的封口纸。柯根溜下车。阿马托和妞正在三十五码开外的门口拥抱着。柯根整个人伏在车上，左手肘支在机罩上，枪托紧紧掐住右肩。

阿马托放开手，让妞开门进去。门关上后，妞转过身，朝等在台阶上的阿马托撩动了一下右手指，笑了笑。阿马托也动了动手指，接着转身往回走，妞的身影消失在楼梯上。

　　柯根开了第一枪。独头弹击中阿马托的小腹，瞬间将他弹了回去。等阿马托再次对准靶心时，柯根开了第二枪，位置稍高，在腰带上方左侧。子弹穿过身体，转了个弯，击穿了阿马托左后方的门玻璃。第三枪直接将阿马托打退到墙上，他开始慢慢滑落下来。子弹打在喉咙底部的胸口，皮肉刹那间撕裂开来。阿马托向右侧瘫软下去，倒在了低矮的灌木丛里。

　　柯根迅速撤回车里，把枪塞进后座，插入钥匙，对弗兰基命令道："开车。"

　　车子"嗖"的一声窜出车位，一路猛打方向，沿着弯曲的车道疾驰而去，留下尖利的轮胎摩擦声。

　　开了大约三英里半之后，柯根开口道："你开得太快了。"

　　"妈的，一大波条子在后面追呢！"弗兰基依旧把车速稳定在七十迈。车下仅是一条两车道的公路。

　　"那总会有一个抓到我们。你慢点。"

　　"不行。"

　　"傻子，慢点，听到没有？"

　　"不行，打死都不行！"

　　"傻子，我车在麻省，还好长的一段路呢。我也不想碰见条子。"

"那你开？"

"我开。"

弗兰基把车停在六十四号公路路肩上，甩开门蹦下来，小跑绕过车尾。等柯根移到驾驶座后，弗兰基一个闪身进了客座。

"行了，"柯根把车开上车道，说："那枪就交给你扔了。"

"嗯。"

在经过麻省安多弗的沙欣河时，柯根把车停在了桥上。弗兰基打开车窗，将猎枪抛向夜空，随即准备关窗。

"等等。"柯根忙拦道。

外面传来落水的声音。

"可以了，"柯根说着，重新挂上挡，"小草小花弄不掉指纹，水可以。"

随后，两人抵达塞勒姆西边的北岸购物中心，拐进了停车场。在乔丹玛什商店后面停着一辆蓝色福特车。

"知道现在你要做什么吗？"柯根一边问，一边朝福特车开去。

"知道，"弗兰基答，"先回自己停车的地方，下了这车，再开自己的车滚回老家。"

"下了这车？"

"操，我里里外外擦干净总行了吧？"

"嗯，弄干净点。"

"知道了。"

"你车在哪？再说一遍。"

"操！就在，在奥本代尔的停车场。"

"我只是想确认一下，人有时容易忘事。"

说着，柯根把车停到福特车旁。外面的停车场上亮着灯，但空旷无人。柯根打开车门，弗兰基开始移动身子。等柯根下车后，弗兰基紧接着坐到了驾驶座，两手摊放在方向盘上。柯根左手扶住车门把，右手从夹克衫下拿出一把史密斯-韦森三八口径、两英寸枪管的警用左轮手枪。

柯根握住枪，隐在窗口下方，说道："你可得记清楚了。"

"我记着，我记着，先丢了这车，再上自己的车，不要开得太快，然……"

柯根抬起手，朝弗兰基脸上开了一枪。弗兰基随即向客座倒下去。柯根俯身靠窗，把枪口抵在弗兰基的胸前，连发四枪，火药烧焦了夹克的前襟，每一声枪响，身体都剧烈地颤动着。

柯根收回枪，塞进外套的口袋里，再从另一个口袋取出一副没有衬里的皮手套和一块红手帕，开始里里外外地擦起车子。

第十九章

午后三时，柯根开着一辆涂有火焰纹的白色路霸皮卡，拐进南阿特尔伯勒一家假日旅馆的停车场，挨着银色风暴车停了下来，一旁的告示牌上写着"欢迎南方商会莅临"。柯根下了车，走了进去。

大厅的吧台旁，司机正晃荡着一杯姜汁汽水打发时间。柯根挨着他坐下来。

"你迟到了。"司机开口道。

"我老母说过：'以后你自个儿的葬礼都会迟到。'托她吉言吧。"

"这回算是玩爽了吧。"

"尽力了。"柯根回道，接着跟酒保要了一杯啤酒。

酒保递来一杯米狮龙。

"事情都搞定了，我买单，"司机说，"不容易啊。"

"不容易！老子帮过那么些人，你是最难缠的一个。本来今天是想让你去波士顿的，我要去趟弗雷明汉。这会儿过来，算是给你面子。"

"弗雷明汉？怎么了，天塌了？"

"不是，"柯根不耐烦道，"史蒂夫最近手里缺票子，我又开了他的车，自己的卡车也在他那。这会干脆过去给他带点钱救急。兄弟有难，我一向都帮。"

"别帮我，以后千万别来帮我。你那几下子，我算看清楚了。"

"少废话，"柯根怒道，"拿钱！"

司机递给柯根一个厚厚的白色商用信封。

"抱歉。"柯根说着，站起身来。

"你不数一下？"

"我去撒泡尿，别跟过来！你弄得我紧张，一紧张我就想撒尿。你喝你的汽水。"

柯根走进洗手间，不一会儿出来。

"好了？"司机问道。

"不好，里面只有一万五。"

"三条命。本来我还在想，小的那个算不算？问上头，上头说算。"

"说得对，那也就是说五千一个？"

"嗯，上头给米契的就是这价。"

"哦，"柯根说道，"但依我看，米契跟婊子吵架进了牢，干不了活，我是给你们救急才临时替上的，这价钱得翻倍，一万！"

"狄龙只说五千，上头说的也是这个数。"

"现在涨了。"

"听着，你补的可是狄龙的缺，他拿多少你就拿多少，多的没有，要理论找狄龙，我帮不上忙。"

"你什么事能帮上忙？你们这些人都一个德行。该帮的时候不帮，等出了事就知道找人摆平。告诉你，现在我把话撂在这，从今天起，加钱!"

"你跟狄龙说去，找他理论去。"

"狄龙死了，今早上死的。"

有一会儿时间司机没有说话，之后他开口道:"上头知道了，心里会难受的。"

"没我难受。"柯根落寞地说。

司机啜了一口汽水，"我猜，我猜……他怎么死的？"

"我只知道病的名字，"柯根答，"今早回家的时候，我老婆留的字条，说是昨天半夜送进去的。医院里的人跟我说的名字，就这些。"

"那就是说，死在医院。"

"我说过，具体情况我不清楚。他们只是说'心肌梗塞'，你听说过吗？我想，大概就是心脏病一类的吧。"

"原来是这个。算了，不管他，死了就死了，烂货一个。"

"他可不是什么烂货。"

"不是，我看应该不是，不是什么烂货。"

"他一直……他从没……哎，我跟他认识也算久了。知道吗？

当初我还在跑场子、打零工的时候，他就劝我说不能一直这样，应该找个正经活安生，这才带我上的道。真正提拔我的是他，我俩认识真的不算短。"

"上头跟他认识也不算短，还挺敬重他的。"

"当然，我也敬重他，你知道为啥？"

"你们怕他？"

"哪儿啊，"柯根喝完啤酒，接着说，"不是。狄龙这人，办事心里有谱。"

"听说过。"

"要是事情本来就没谱，他也能把它变有谱。"

"这你也行。"

"我也行。"

图书在版编目（CIP）数据

温柔的杀戮/（美）希金斯（Higgins, G. V.）著；
陈卓能译. —上海：上海译文出版社, 2015.3
书名原文：Cogan's Trade
ISBN 978-7-5327-6744-1

Ⅰ.①温…　Ⅱ.①希…　②陈…　Ⅲ.①长篇小说-美
国-现代　Ⅳ.①I712.45

中国版本图书馆 CIP 数据核字（2014）第 182333 号

图字：09-2013-685 号

温柔的杀戮

[美] 乔治·希金斯　著　陈卓能　译
策划/黄昱宁　责任编辑/顾真　装帧设计/张志全工作室

上海世纪出版股份有限公司
译文出版社出版
网址：www.yiwen.com.co
上海世纪出版股份有限公司发行中心发行
200001　上海福建中路 193 号　www.ewen.co
上海颛辉印刷厂印刷

开本 890×1240　1/32　印张 6.5　插页 2　字数 89,000
2015 年 3 月第 1 版　2015 年 3 月第 1 次印刷
印数：0,001—5,000 册

ISBN 978-7-5327-6744-1/I·4073
定价：33.00 元